KB052811

세상을 바꾼
컴퓨터의 거장들

사랑하는 ＿＿＿＿＿＿＿ 에게

꿈을 향해 힘차게 달려가는 어린이가 되세요.


＿＿＿＿＿＿＿ 가(이) 드려요.

# 세상을 바꾼
# 컴퓨터의 거장들

**김태광 · 조영경** 글 | **김병주** 일러스트

해와비

세상을 바꾼 위대한 힘은 용기와 도전이다

세상을 뒤흔든 컴퓨터 거장들의 공통점은 컴퓨터를 보는 순간 마치 첫눈에 반한 사랑처럼 푹 빠져 버렸다는 것이다. 빌게이츠는 자신이 만든 프로그램이 컴퓨터에서 작동되자 자신이 마치 로봇 조종사가 된 것 같았다. 그는 컴퓨터를 이용해서 더 특별한 일을 하고 싶어 했다. 스티브 잡스는 컴퓨터에 빠져서 직접 실리콘밸리 근처를 돌아다니며 부품을 수집했다. 전자회로 주파수 카운터를 직접 만들어 보고 싶었던 그는 얼굴도 모르는 HP의 창업자 휴렛에게 전화를 걸어 공짜로 부품을 달라고 조르기도 했다. 래리 페이지 역시 어린 시절부터 컴퓨터를 장난감처럼 가지고 놀았고 선생님도 놀랄 정도로 숙제도 컴퓨터로 했다.

이들의 또 하나 공통점은 지칠 줄 모르는 도전정신이다. 사람들이 소프트웨어에 대한 개념조차 잘 모를 때, 빌 게이츠가 소프트웨어는 돈을 주고 사는 것이라고 말하자 사람들은

그를 비웃었다. 스티브 잡스가 애플 컴퓨터를 처음 만들었을 때 사람들은 전혀 흥미를 가지지 않았다. 래리 페이지도 넘치는 검색 엔진 사이트 시장에서 비상업성을 유지하면서 성공하기는 힘들 거라는 쓴소리를 들었다. 하지만 그들은 시련을 도전과 모험으로 받아들였다. 포기하지 않고 도전하고 또 도전했다. 주위의 차가운 시선에 아랑곳하지 않고 자신만의 원칙을 밀고 나갔다. 결국 세상을 바꾼 위대한 힘은 용기와 도전에 있었다.

처음부터 명성과 부를 가져다줄 거창한 일만을 꿈꾸는 어린이들이 많다. 하지만 아무리 큰 성공도 처음 시작할 때는 작은 씨앗에 불과하다는 것을 잊어서는 안 된다. 막연히 하고 싶은 일과 잘하는 일은 다르다. 하고 싶은 일이라고 해서 그 일을 잘할 수 있는 것도 아니다. 꿈과 목표를 정할 때, 자신이 하고자 하는 일에 재미와 보람을 느낄 수 있는지, 무엇보다 자신이 잘할 수 있는 일인지를 생각해 보기 바란다. 이렇게 선택한 일에 최선을 다할 때 명성과 부도 뒤따라오는 것임을 꼭 기억했으면 한다.

저자 김태광

# 차례

작가의 말 <u>4</u>

## '마이크로소프트'의 빌 게이츠—
하버드를 포기한 천재, 최연소 억만장자가 되다 <u>10</u>

컴퓨터 황제의 어린 시절 <u>12</u>

컴퓨터와 빌 게이츠의 운명적인 만남 <u>18</u>

최고의 파트너, 폴 앨런 <u>23</u>

꿈의 기업, 마이크로소프트를 창업하다 <u>29</u>

꿈을 위해 하버드를 포기하다 <u>38</u>

왜 우리는 여전히 가난한 거지? <u>41</u>

인생 최고의 기회 <u>48</u>

스물다섯 살에 벌인 세기의 협상 <u>54</u>

소프트웨어가 하드웨어를 이기다 <u>59</u>

서른한 살, 최연소 억만장자가 되다 <u>62</u>

**HOW?** 빌 게이츠 4가지 성공 비결 <u>67</u>

# '애플'의 스티브 잡스—

말썽꾸러기에서 컴퓨터, 영화, 음악 산업의 제왕으로 <u>70</u>

아무도 못 말리는 말썽꾸러기 스티브 <u>72</u>

악동 워즈를 만나다 <u>76</u>

돈 버는 재능을 발견하다 <u>83</u>

스무 살, 대학 졸업장 대신 창업을 선택하다 <u>86</u>

차고에서 탄생한 애플 <u>90</u>

스물다섯 살에 세계를 뒤흔들다 <u>99</u>

자신이 만든 회사에서 쫓겨나다 <u>104</u>

아픔을 딛고 다시 시작하기 <u>108</u>

화려한 복귀, 연봉 1달러 CEO <u>114</u>

컴퓨터, 영화, 음악 산업의 아이콘이 되다 <u>118</u>

**HOW?** 스티브 잡스의 4가지 성공 비결 <u>124</u>

# '구글'의 래리 페이지 ─
모든 상상을 현실로 만든 천재, 직장을 놀이터로 만들다 <u>128</u>

컴퓨터는 나의 장난감 <u>130</u>

두 천재의 만남 <u>135</u>

검색만을 위한 검색 엔진 탄생 <u>145</u>

실패가 만들어낸 새로운 기회 <u>149</u>

더 큰 세계로 나아가다 <u>154</u>

구글의 창업 정신, 악해지지 말자 <u>158</u>

새로운 친구, 에릭 슈미트 <u>162</u>

구글만의 기업공개를 하다 <u>166</u>

가장 일하기 좋은 직장, 구글 놀이터 <u>177</u>

**HOW?** 래리 페이지의 4가지 성공비결 <u>184</u>

부록 | 같은 시대를 사는 컴퓨터 천재 세 명이 걸어온 길 <u>188</u>

세상을 바꾼
컴퓨터의 거장들

# '마이크로소프트'의 빌 게이츠—

## 하버드를 포기한 천재,
## 최연소 억만장자가 되다

S T O R Y    O N E

# 컴퓨터 황제의 어린 시절

미국 워싱턴 주 시애틀에 있는 고급 저택에서 소년과 할머니의 웃음소리가 피어나고 있었다. 오늘도 소년 빌 게이츠는 할머니와 카드놀이를 하고 있었다. 할머니는 적적할 때마다 카드놀이를 즐겼는데 상대는 언제나 손자 빌이었다.

빌의 부모님은 일 때문에 늘 바빴다. 성공한 변호사인 아버지 윌리엄 게이츠는 많은 시간을 시애틀에 있는 직장에서 보냈다. 학교 교사였던 어머니 역시 봉사 활동과 자선사업으로 항상 바빴다. 그래서 할머니가 어린 빌을 키우다시피 했다.

할머니는 늘 과자를 만들어 놓고 손자와 대화를 나누었다. 게임과 카드놀이를 좋아했던 할머니는 어린 손자에게 다양한 게임을 가르쳐 주었다. 게임은 할머니에게 단순히 시간을 때우는 일이라기보다 머리를 쓰고 손을 사용하여 나이가 들어도 명석함을 잃지 않기 위한 수단이었다. 카드놀이가 끝나면 할머니는 빌에게 늘 책을 읽어 주었다. 그 덕분에 빌은 여러 분야에 관심을 가진 독서광이 되었다.

빌은 1955년 10월 28일 워싱턴 주 시애틀에서 태어났다. 시애틀의 이름난 은행가와 변호사 집안이었기 때문에 빌은 어린 시절을 풍요롭게 보냈다. 게이츠 가(家)는 부자의 도덕적 의무와 책임을 다하는 가문이었다.

빌은 마른 체격에 외모도 별 볼일 없는 평범한 아이였다. 항상 호기심이 많았던 빌은 학교에서 말썽꾸러기였다. 빌은 수업 시간이 지루하기만 했다. 그래서 틈만 나면 '따분한 수업 시간을 재미있게 보내는 방법은 없을까?' 하고 생각했다. 그러다 보니 다른 친구들의 수업을 종종 방해했고 부모님은 자주 학교에 불려 다녔다.

어린 시절의 빌은 '주의력 결핍'과 '과잉 행동 장애'라는 소리를 들을 정도로 산만하고 일을 대충대충 처리하는 습관도 있었다. 또한 물건을 잘 잃어버려서 부모님에게 자주 혼이 났다.

하지만 빌에게는 남다른 장점이 있었다. 한번 마음먹은 일은 끝까지 해내고 마는 것이다. 빌이 여덟 살 때의 일이다. 어느 날 두꺼운 백과사전을 읽기로 목표를 세우고 실천에 옮기기로 했다. 사실 백과사전은 아직 어린 빌이 감당하기에는 너무 벅찬 방대한 분량이었다. 작은 글씨가 빼곡하게 적혀 있는 백과사전에는 어려운 전문용어가 많았다.

부모님은 백과사전을 읽는 아들이 대견했지만 마음 한편으로는 산만한 빌이 얼마 못 가 백과사전 읽기를 포기할 것이라고 생각했다. 그런데 부모님의 예상과는 반대로 빌은 백과사전 읽기에 빠져들었다. 마치 그동안 가슴에 품어 두었던 호기심이 해소되는 것 같았다.

'백과사전을 다 읽어서 이 모든 지식을 내 것으로 만들 거야.'

이렇게 해서 빌은 레이크사이드 고등학교에 들어가고 나서야 완독할 수 있었다. 무려 5년이나 걸려서 읽었다. 물론 빌이 백과사전에 담겨 있는 모든 내용을 이해한 것은 아니었다. 하지만 백과사전을 완독함으로써 세상을 보는 시야가 넓어졌고 하나를 보고 열을 생각해 내는 능력을 키울 수 있었다.

빌은 백과사전을 끝까지 읽으면서 자연스레 독서 습관이 몸에 배게 되었다. 《나폴레옹》 같은 위인전과 《닥터 두리틀》 《타잔》 《돼지 프레디》 《톰 스위프트》 같은 소설책뿐 아니라 수학책과 과학책도 빠짐없이 읽었다. 책벌레가 된 빌은 학교에서 책 읽기 대회가 열리면 늘 일등을 독차지했다.

빌이 다니는 공립 초등학교는 여름방학 동안 학생들의 몸

과 마음을 단련시키기 위해 일주일 일정으로 도보 행군 행사를 개최했다. 약 80킬로미터로 꽤 긴 거리였다. 하루에 10킬로미터 이상 걸어야 하는 만큼 끈기가 필요한 일이었다.

처음 도보 행군 행사에 참가한 빌은 기대감에 부풀었다. 그래서 빌은 어머니를 졸라 새 운동화를 구입했다. 빌은 두근거리는 마음으로 새 운동화를 신고 행사에 참가했다.

친구들 사이에서 빌이 신은 새 운동화는 반짝반짝 윤기가 나고 멋져 보였다. 하지만 신발이 발을 옥죄는 데다 가죽이 아직 새것이어서 발뒤꿈치에 물집이 잡혔다. 오후가 되자 발에 심한 통증이 느껴졌다. 하지만 빌은 통증을 꾹 참고 그날의 행군을 겨우 마쳤다.

다음 날, 상황이 더욱 악화되었다. 발뒤꿈치뿐 아니라 발바닥까지 물집이 잡혀 한 걸음 한 걸음 내딛는 것이 마치 가시밭길을 걷는 것 같았다.

'이럴 줄 알았으면 차라리 헌 운동화를 신고 오는 건데…….'

다른 아이들은 재잘재잘 수다를 떨며 행군했지만 빌은 죽을 맛이었다. 어느덧 휴식 시간이 되었다. 빌은 운동화를 벗었다. 양말은 온통 피로 물들어 있었고 발은 퉁퉁 부었다. 휴

식 시간이 끝난 후 빌은 또다시 절뚝거리면서 걸었다.

빌이 절뚝거리는 모습을 보고 친구들이 선생님에게 알렸다. 선생님과 교장 선생님이 급히 달려와 도보를 그만두라고 빌을 말렸다. 하지만 황소고집인 빌은 말을 듣지 않았다.

"친구들이랑 계속 걷고 싶어요. 발 아픈 것 정도는 참을 수 있어요."

선생님과 교장 선생님은 행군을 계속하겠다고 고집을 피우는 빌을 억지로 말렸다. 그리고는 빌의 부모님에게 전화해 병원으로 데려가 치료하라고 권했다.

얼마 후 빌의 아버지가 부리나케 차를 몰고 현장에 도착했다. 빌은 도보 행군 행사에 참가할 수 없다는 생각에 눈물을 흘리고 있었다.

아버지는 아들의 이마를 쓰다듬으며 물었다.

"애야, 발이 많이 아프겠다. 얼른 병원으로 가서 치료하자."

빌은 고개를 저으며 말했다.

"발이 아파서 우는 게 아니에요. 친구들과 함께 도보 행군 행사에 참가하지 못해서 우는 거예요."

아버지는 빌의 마음을 이해한다는 듯이 꼭 안아 주었다. 그리고는 빌을 차에 태우고 병원으로 향했다.

## 컴퓨터와 빌 게이츠의 운명적인 만남

　빌 게이츠는 공립 초등학교를 졸업하고 사립학교인 레이크사이드에 진학했다. 레이크사이드는 시애틀에서 가장 유명한 사립학교로 부잣집 아이들만 들어갈 수 있었다.

　1967년 가을, 빌이 입학할 당시만 해도 학교는 남학생들뿐이었다. 학비도 매 학기 5천 달러가량으로 매우 비쌌다. 하지만 레이크사이드의 교육 수준은 워싱턴 주 전역에서 '천재의 요람'이라고 불릴 정도로 높았다. 부유층 학부모들은 학비가 비싸더라도 자녀를 레이크사이드에 입학시키기 위해 애를 썼다.

　레이크사이드에 다니게 된 빌은 처음에는 잔뜩 긴장했다. 레이크사이드에는 집안이 좋은 학생들이 많아서 빌은 특별한 존재가 아니었다.

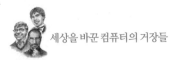

빌은 시애틀에서 가장 유명한 학교에 다녔지만 전혀 기쁘지 않았다. 초등학교에서는 수업 시간에 엉뚱한 질문으로 선생님과 학생들을 웃겼지만 레이크사이드에서는 전혀 통하지 않았다. 특히 레이크사이드는 학칙이 엄격했기 때문에 수업에만 전념해야 했다.

여느 때처럼 지루하게 흘러가던 어느 날, 한 친구가 뛰어와 숨이 넘어갈 듯한 목소리로 말했다.

"빌, 소식 들었지?"

"무슨 소식?"

친구는 답답하다는 표정을 지으며 말했다.

"맥 앨리스터 홀에 컴퓨터라는 기계가 들어왔어."

"컴퓨터?"

빌은 곧장 맥 앨리스터 홀을 향해 달렸다. 이미 그곳에는 많은 학생들이 컴퓨터를 구경하기 위해 빙 둘러서 있었다. 엄청나게 큰 컴퓨터가 있었다. 빌은 자신의 방만 한 컴퓨터를 보고는 입이 쩍 벌어졌다.

1968년, 전문가가 아닌 일반인들은 컴퓨터가 무엇인지조

차 알지 못했다. 컴퓨터가 지금처럼 대중에게 보급되지 않았고 가격 또한 상상할 수 없을 정도로 비쌌다. 그런 시기에 레이크사이드는 컴퓨터를 들여놨던 것이다. 어찌 되었건 이 일은 획기적인 사건이었다.

빌은 학생들 틈에서 컴퓨터를 보며 간절한 마음으로 생각했다.

'아, 저 컴퓨터를 한번 만져 볼 수 있다면, 한 번이라도 작동해 볼 수 있다면 얼마나 좋을까?'

빌의 마음속에서 참을 수 없는 호기심이 고개를 들었다.

'좋아, 내 힘으로 컴퓨터가 어떻게 작동하고 움직이는지 알아내고 말 테다!'

그날 이후로 빌은 학교 가는 일이 따분하지 않았다. 어머니가 깨우지 않아도 알아서 아침 일찍 벌떡 일어났다. 다른 학생들보다 일찍 등교해야 컴퓨터를 오래 구경할 수 있기 때문이었다.

빌은 컴퓨터를 사용하고 싶어 안달이 났지만 그럴 기회가 없었다. 빌은 학교에서 말썽꾸러기로 알려졌기 때문에 선생님들은 혹시라도 빌이 고가의 컴퓨터를 고장 내지는 않을까

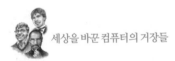

노심초사했다.

그래서 빌은 항상 선생님들에게 불만이었다.

'어른들은 잘 알지도 못하면서⋯⋯. 쳇!'

눈앞에 컴퓨터를 두고도 사용하지 못하는 빌은 가슴이 타들어 갔다. 호기심이 강한 빌은 참을 수 없이 괴로웠다. 컴퓨터를 마음대로 사용할 수 없어서 학교생활이 다시 따분하고 지루해지기 시작했다.

그러던 어느 날, 기쁜 소식이 들려왔다.

"우리 학교가 컴퓨터 교육을 하기로 했어요. 이제 여러분도 컴퓨터를 사용할 수 있게 되었어요."

빌은 날아갈 듯이 기뻤다. 빌은 두근거리는 가슴으로 컴퓨터가 있는 곳을 향해 힘껏 뛰어갔다. 학생들이 컴퓨터 교육을 받을 수 있게 된 것은 레이크사이드의 어머니 모임에서 컴퓨터 사용료를 지원해 주었기 때문이다.

컴퓨터 주위에는 늘 아이들로 넘쳤다. 대부분 학년이 높은 선배들이었지만 빌은 꿋꿋하게 그 틈에 끼었다. 마침 수학 선생님이 학생들에게 컴퓨터 작동법에 대해 설명하고 있었다. 빌은 수학 선생님의 말씀을 귀담아들었지만 석연치 않은 부분이 있었다. 수학 선생님 역시 컴퓨터에 대해 잘 몰랐기 때문이었다.

빌은 순서를 기다려 컴퓨터를 사용했다. 대기 인원이 많은 탓에 오래 사용할 수 없었지만 빌은 컴퓨터에 푹 빠지고 말았다. 빌은 컴퓨터 회사에서 제공한 두꺼운 설명서를 꼼꼼히 읽고 또 읽었다. 몇 주 동안 컴퓨터를 직접 작동해 본 빌은 수학 선생님보다 컴퓨터에 대해 더 많이 알게 되었다. 컴퓨터에 관해 알면 알수록 재미와 호기심이 꼬리를 물었다.

빌은 컴퓨터로 다양한 실험을 해보았다. 덧셈과 뺄셈, 곱하기 등 수학 문제를 컴퓨터로 풀어 보니 정말 신기하게 답이 맞았다.

컴퓨터를 접한 빌은 다른 사람이 되었다. 수업 시간에 딴 짓하다가 종종 선생님께 꾸중을 듣는 빌이었지만 컴퓨터를 만질 때는 달랐다. 시간 가는 줄 모르고 컴퓨터에 집중했다.

빌은 하루하루가 즐겁고 행복했다. 학교에서도 집에서도 온통 컴퓨터 생각뿐이었다. 그렇게 빌 게이츠와 컴퓨터의 운명적인 만남이 이루어졌다.

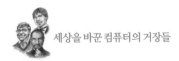

## 최고의 파트너, 폴 앨런

"컴퓨터가 뭐 이래? 간단한 계산조차 복잡한 프로그래밍 작업을 거쳐야 하잖아."

"컴퓨터면 다 되는 줄 알았는데, 아니네."

"복잡한 프로그래밍 작업을 하는 시간에 차라리 나가서 야구나 하자."

당시의 컴퓨터는 간단한 계산조차 복잡한 프로그래밍 작업을 거쳐야 결과가 나왔다. 서너 시간 동안 공들여 프로그램을 짜던 아이들의 입에서 볼멘소리가 터져 나왔다. 시간이 지나면서 컴퓨터실을 이용하는 아이들이 하나둘 줄어들었다.

빌은 컴퓨터를 이용하는 아이들이 줄어들자 마음속으로 정말 기뻤다. 이제 줄을 서서 기다리지 않아도 되고 컴퓨터도 오래 사용할 수 있었기 때문이다.

일일이 컴퓨터에 명령어를 입력해야 하는 번거로움이 있었지만 빌은 오히려 신 나기만 했다. 빌은 컴퓨터로 계산뿐 아니라 오목, 전쟁놀이도 하면서 시간을 보냈다. 빌은 하루 종일 맥 앨리스터 홀에 있어도 지루하지 않았다.

그런데 레이크사이드에는 빌보다 더 지독한 컴퓨터광이 있었다. 바로 고등학교 2년 선배인 폴 앨런이었다. 폴은 누구에게도 지는 것을 싫어하고 무엇을 하든지 최고가 되어야 직성이 풀리는 성격이었다. 그런 면에서 폴은 빌과 비슷했다. 두 사람 모두 둘째가라면 서러울 컴퓨터광이었기에 자연스럽게 친해졌다. 폴 앨런은 빌에게 컴퓨터 하드웨어에 관해 많은 것을 가르쳐 주었다. 두 사람은 서로가 훗날 사업 파트너가 될 줄은 꿈에도 몰랐다.

빌은 단 하루도 컴퓨터를 하지 않으면 마음이 우울했다. 그래서 다른 일을 못하더라도 반드시 몇 시간씩 컴퓨터를 해야 직성이 풀렸다. 친구들은 그런 빌을 도무지 이해할 수 없었다.

그런데 어느 날 함께 컴퓨터실을 드나들던 한 친구가 빌에게 말했다.

"이제 며칠 후면 컴퓨터를 사용할 수 없대."

"뭐?"

빌은 토끼 눈을 하고 물었다.

"어머니회에서 지원하던 컴퓨터 사용료가 바닥났나 봐. 그럴 만도 하지. 우리가 컴퓨터실에서 살다시피 했는데……."

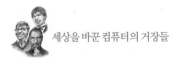

세상을 바꾼 컴퓨터의 거장들

"……."

　빌은 우울했다. 이제 컴퓨터를 사용할 수 없다는 생각에 눈앞이 캄캄해지는 것 같았다. 당시 컴퓨터 한 시간 사용료는 일만 원 가까이 되었는데 빌과 같은 컴퓨터광들이 컴퓨터를 자유롭게 사용하려면 수백만 원의 사용료가 필요했다.

　'마음대로 컴퓨터를 사용할 수 있다면 얼마나 좋을까?'

　컴퓨터를 사용할 수 없게 된 빌의 고민은 깊어만 갔다.

　그즈음 레이크사이드 교장실에 편지 한 통이 배달되었다.

　편지를 보낸 사람은 'C-큐브드'라는 컴퓨터 회사 창업자였다. C-큐브드에서 최근 새로 개발한 소프트웨어를 레이크사이드 학생들이 테스트를 해서 버그를 찾아 달라고 요청하는 내용의 편지였다. 레이크사이드에서 이 제안을 받아들인다면 C-큐브드는 프로그래머들이 퇴근한 이후에 학생들에게 회사 컴퓨터를 무료로 사용할 수 있도록 배려하겠다고 했다.

　얼마 후 빌 게이츠는 C-큐브드가 보내 온 편지에 대한 소식을 알게 되었다. 그 순간 빌의 고민은 눈 녹듯이 사라졌다. 오히려 새로운 모험과 도전에 가슴이 두근거렸다. C-큐브드의 컴퓨터는 레이크사이드 컴퓨터실에 있는 컴퓨터와는 차원이 다른 최신식 컴퓨터였기 때문이다.

빌 게이츠, 폴 앨런을 비롯한 컴퓨터광들은 교장 선생님의 허락을 받아 C-큐브드에서 아르바이트를 하게 되었다. 아르바이트 첫날 최신식 컴퓨터를 본 빌은 눈이 휘둥그레지고 가슴은 쉴 새 없이 뛰었다. 그곳에는 컴퓨터가 무려 여덟 대나 있었다. 이제는 레이크사이드에서처럼 줄을 서서 기다릴 필요가 없었다.

들뜬 마음으로 컴퓨터를 바라보고 있는 학생들에게 C-큐브드 창업자가 말했다.

"여러분, 우리 프로그래머들이 만든 프로그램의 잘못된 부분을 찾는 것이 여러분의 일입니다. 할 수 있겠지요?"

"그럼요! 할 수 있어요!"

아이들은 기쁜 표정으로 동시에 대답했다.

빌에게 C-큐브드는 천국과도 같았다. 컴퓨터를 공짜로 사용할 수 있어 빌은 정말 행복했다.


"빌! 얼른 일어나라. 학교 갈 시간이야."

빌 게이츠는 C-큐브드에서 아르바이트를 하기 시작한 이

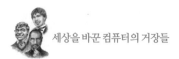

후로 자주 늦잠을 잤다. 수업 시간에 엎드려 잠을 자는 일도 잦아졌다. 부모님은 아르바이트가 빌에게 힘든 일은 아닐까 하는 걱정마저 들었다.

그러나 빌이 늦잠을 자는 데는 다른 이유가 있었다. 빌은 가족들과 저녁 식사를 마친 후 모두들 깊이 잠든 것을 확인하고는 도둑고양이처럼 집을 빠져나와 C-큐브드를 찾아갔다.

C-큐브드 사무실은 집과 30분가량 떨어져 있었던 탓에 한참을 달려야 했다. 프로그래머들이 모두 퇴근한 C-큐브드는 빌 게이츠와 같은 컴퓨터광들에게 지상낙원과 같았다.

빌은 자신이 하루 종일 구상해 놓았던 프로그램을 밤새도록 만들며 마음껏 컴퓨터를 사용했다. 컴퓨터를 사용할 때는 시간 가는 줄 몰랐다. 그만큼 깊이 푹 빠졌기 때문이다. 하지만 부모님이 일어나기 전에 집으로 돌아가야 했다. 새벽이슬을 맞으며 집으로 터벅터벅 돌아올 때는 마음속에 왠지 모를 허전함이 느껴졌다.

다른 학생들이 소프트웨어의 버그를 찾는 데 분주할 때 빌 게이츠와 폴 앨런은 C-큐브드 쓰레기통을 뒤져 프로그래머들이 버린 메모지에서 컴퓨터를 작동하는 운영시스템에 대한 프로그래밍을 배워 나갔다. 그렇게 해서 두 사람은 얼마 후 300페이지가 넘는 프로그래밍을 정리한 책을 완성했다.

그리고 얼마 후 C-큐브드의 아르바이트도 끝이 났다.

레이크사이드가 시애틀의 성니콜라스 여학교와 통합하면서 학생 수는 400명으로 늘어났다. 그런데 늘어난 교실에 선생님을 배치하고 시간표를 짜는 일이 쉽지 않았다. 이때 컴퓨터 실력이 뛰어난 학생들이 이 문제를 해결했다. 그들은 학교 측의 요구에 맞게 자동으로 시간표를 생성하는 컴퓨터 프로그램을 개발한 것이다.

이때 빌은 짓궂은 장난을 치기도 했다. 빌은 자신의 컴퓨터 실력을 이용해 학교 측에서 부탁한 시간표 도출 프로그램에 몇 가지 기능을 몰래 추가했다. 어떤 상황에서든 다음 두 가지 상황은 확실하게 보장되도록 했다.

첫째, 11학년으로 올라가는 빌의 전후좌우 자리에는 반드시 예쁜 여학생이 앉게 하는 것, 둘째, 레이크사이드 11학년생은 매주 화요일 오후에는 수업이 없도록 하는 것이었다.

빌은 교장 선생님이 직접 프로그램을 실행하더라도 두 가지 명령만큼은 바뀌지 않도록 프로그래밍 했다.

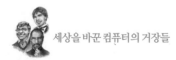

세상을 바꾼 컴퓨터의 거장들

## 꿈의 기업,
## 마이크로소프트를 창업하다

"폴, 우리가 5천 달러를 벌었어."

"맞아, 너와 내가 힘을 합쳐 번 돈이야."

빌 게이츠와 폴 앨런은 들떴다. 시간표 생성 프로그램을 완성해 주고 학교에서 5천 달러를 받았기 때문이다. 이 일을 계기로 두 사람은 레이크사이드의 영웅이 되었다.

그러나 빌과 폴은 한 가지 고민이 있었다. 여전히 컴퓨터 사용료가 비쌌기 때문에 컴퓨터를 자유롭게 사용할 수 없었다. 그즈음 폴이 한 가지 아이디어를 제시했다.

"빌, 좋은 생각이 있어. 너와 내가 직접 컴퓨터를 만들어 파는 거야. 지난 번 시간표 생성 프로그램을 만들 때처럼 우리가 힘을 합치면 잘 해낼 수 있을 거야."

"우리가 할 수 있을까?"

빌은 잠시 망설였다. 하지만 다른 대안이 없는 만큼 폴의 말을 따를 수밖에 없었다.

폴은 주저하는 빌을 보며 말했다.

"걱정하지 마. 전자와 회로에 대해 모두 꿰뚫고 있으니까. 최근에 누구나 마음만 먹으면 컴퓨터를 만들 수 있는 작은 칩이 개발되었어. 그것만 있으면 덩치가 큰 컴퓨터를 작게 만들 수도 있어. 생각만 해도 신나는 일이지 않니?"

빌은 폴과 함께 컴퓨터 부품을 파는 상점에서 필요한 부품을 구입했다. 그날 빌은 폴이 말한 작은 칩을 처음 보았다. 인텔에서 개발한 '8080'이라는 칩이었다. 빌은 작은 칩이 컴퓨터의 두뇌 역할을 한다는 것이 믿어지지 않았다.

두 사람은 일을 나누었다. 빌은 컴퓨터를 작동시키는 프로그램을 개발하고, 폴은 컴퓨터 본체를 만들었다. 여러 번의 시행착오 끝에 며칠 후 두 사람은 마침내 컴퓨터를 완성했다. 테스트 결과 컴퓨터는 정상적으로 작동되었다. 빌과 폴은 세상을 다 가진 듯 행복했다.

빌과 폴은 또 다른 프로그램을 만들기로 했다. 도로를 달리는 자동차의 수를 자동으로 계산하여 시애틀의 교통 문제를 해결하는 데 도움을 주는 소프트웨어였다. 두 사람은 이 소프트웨어를 시작으로 본격적으로 사업에 뛰어들기로 했다. 그러기 위해선 그럴싸한 회사 이름도 지어야 했다.

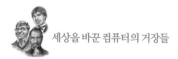

"어떤 이름이 좋을까?"

빌과 폴은 며칠 동안 생각한 끝에 '트래프 오 데이터'라고 회사 이름을 정했다. 빌은 사업을 제대로 하고 싶었다. 하지만 기대했던 것과는 달리 시간이 지날수록 자금난에 시달렸다.

빌은 자신에게 사업가로서의 능력이 부족한 것을 아닐까 하는 생각이 들었다.

'되는 일이 하나도 없네. 그냥 공부나 열심히 할까?'

그렇게 좌절해 있을 때 빌에게 좋은 소식이 전해졌다. 노스웨스트 지역의 전기 배선을 맡고 있는 프로그래머들이 프로그램의 잦은 오류 때문에 고생하고 있다는 것이었다. 그 소식을 듣자 빌과 폴은 서로 쳐다보며 빙그레 웃었다. 그들에게는 C-큐브드에서 아르바이트를 할 때 만든 300페이지 분량의 프로그래밍 책자가 있었기 때문이다.

얼마 후 빌과 폴에게 전기 배선을 책임지고 있는 업체에서 연락이 왔다.

"노스웨스트 지역의 전기 배선을 책임지고 있는 회사입니다. 프로그램 오류가 자주 일어나서 빌 게이츠 씨와 폴 앨런 씨의 도움이 필요합니다. 괜찮으시다면 저희와 정식 계약을 맺고 일을 진행했으면 합니다."

이렇게 해서 빌과 폴은 공사 업체와 정식 계약을 맺었다. 전기공사가 진행되고 있는 발전소에 도착한 두 사람은 깜짝 놀랐다. 발전소 안에는 최첨단 기계와 함께 최신 컴퓨터가 있었기 때문이다.

빌은 최신 컴퓨터를 작동해 볼 수 있는 기회가 생겨서 뛸 듯이 기뻤다. 하지만 그런 기분도 잠시였다. 작업 책임자는 대학생인 폴에게 컴퓨터에 명령을 내리는 등의 일을 맡긴 반면, 고등학생인 빌에게는 책상에 앉아 문서 작성을 하는 일을 맡겼기 때문이다.

빌은 컴퓨터를 조작하는 폴 앨런이 한없이 부러웠다. 한편으로 자신의 능력을 알아주지 않는 작업 책임자가 원망스러웠다. 하지만 그렇다고 해서 내색할 수는 없었다. 당장 사업체를 꾸려 나갈 자금이 필요했기 때문이다.

두 사람은 얼마 후 잦은 오류가 발생하는 프로그램의 원인을 찾아 수정했다. 그렇게 해서 얼마간 회사를 꾸려 나갈 자금을 마련할 수 있었다.

고등학교 3학년이었던 빌은 하버드 대학과 예일 대학에 지원서를 제출했는데, 두 대학 모두 합격했다. 부모님은 빌에게 법학으로 유명한 하버드 대학에 갈 것을 권유했다. 장차 아들이 아버지처럼 법조계에서 일할 것을 바랐기 때문이다.

빌은 부모님의 말씀대로 하버드 대학을 선택했다. 1973년 가을 하버드 대학에 입학했다. 시애틀의 변호사로 활동하는 아버지의 강경한 뜻에 따라 법률학을 전공으로 선택하기는 했지만 공부는 뒷전이었다. 더군다나 아버지처럼 변호사가 될 생각은 없었다. 이미 빌은 컴퓨터에 푹 빠져 있었기 때문이다.

그러나 빌의 그런 생각을 아무도 이해하지 못했다. 당시 대부분의 사람들은 미래에 컴퓨터가 주요한 생활 필수품이 되리라고는 전혀 생각하지 못했기 때문이다.

빌은 법학 공부는 뒷전이었던 탓에 수업 내용을 도무지 따라갈 수 없었다. 책상 앞에 앉아도 머릿속에는 온통 컴퓨터 프로그램 생각뿐이었다.

어느 날 빌과 폴은 함께 하버드 대학 교정을 산책하고 있었다. 폴은 신문 가판대에서 〈파퓰러 일렉트로닉스〉 1975년 1

월호를 집어 들었다. 휘둥그레진 눈으로 폴이 소리쳤다.

"빌! 믿을 수 없는 일이 일어났어. 정말 믿을 수 없어!"

폴은 흥분한 표정으로 빌에게 자신이 들고 있는 잡지를 보여 주었다. 잡지에는 '세계 최초의 미니컴퓨터 알테어 8800'이라는 제목의 기사가 소개되어 있었다. 그동안 본 적도, 들은 적도 없는 미니컴퓨터였다.

기사에는 이렇게 적혀 있었다.

'모든 가정에서 컴퓨터를 사용하는 시대가 도래했다. 알테어 컴퓨터가 그것을 가능하게 해줄 것이다.'

폴이 큰 소리로 말했다.

"빌, 우리가 예상했던 일이 현실이 되었어. 머지않아 세상은 컴퓨터가 지배하게 될 거야."

그 순간 빌은 자신이 걸어가야 할 길이 무엇인지 확실하게 깨달았다.

가슴이 마구 요동치고 쿵쾅거렸다. 마음 한편으로는 미니컴퓨터를 만든 사람이 부러웠다. 자신이 그 주인공이었으면 얼마나 좋을까 하는 생각도 들었다.

폴이 빌에게 제안했다.

"빌, 우리도 야심 찬 작품을 세상에 내놓아야 하지 않겠어?"

빌은 호기심 어린 눈으로 폴을 응시했다.

"누군가 미니컴퓨터를 개발했다고 해서 늦은 건 아니야. 우리는 사람들이 컴퓨터를 쉽게 쓸 수 있는 프로그램을 만들면 돼."

과연 폴 앨런이었다. 빌은 폴의 말대로 누구나 쉽게 사용할 수 있는 프로그램을 만들면 세상을 놀라게 할 수 있을 거라고 생각했다.


알테어 8800의 인기는 대단했다. 알테어 8800을 개발한 MITS 사(社)는 폭주하는 주문에 업무가 마비될 지경이었다. 하지만 시간이 지나면서 인기가 시들해졌다. 컴퓨터를 사용하려면 50여 개의 명령어를 일일이 입력해야만 해서 매우 불편했기 때문이다.

알테어 8800를 만든 MITS 사장 에드 로버츠는 고민에 휩싸였다. 컴퓨터를 많이 팔기 위해서는 누구나 쉽게 사용할 수 있는 소프트웨어를 만들어야 하는데 그것이 쉽지 않았기 때문이다.

그즈음 빌 게이츠는 MITS에 다음과 같은 편지를 보냈다.

"알테어는 혁신적인 컴퓨터지만 사용하기가 불편합니다.
하지만 저희는 누구나 쉽게 알테어를 사용할 수 있는 소프트
웨어를 개발할 수 있습니다. 원하신다면 저희에게 알테어용
소프트웨어 개발을 맡겨 주십시오."

며칠 후 MITS로부터 한 달 안에 소프트웨어를 만들어 달라
는 답신이 왔다. 빌과 폴은 너무나 기뻐 손뼉을 치며 환호했다.
빌과 폴은 곧장 알테어 8800용 프로그램을 짜는 언어를 만
드는 일에 돌입했다. 그런데 한 가지 문제점이 있었다. 두 사
람에게 알테어 컴퓨터가 없었던 것이다. 하지만 폴의 기지로
문제를 해결했다. 시중에 나와 있는 알테어 컴퓨터 설명서를
토대로 알테어용 언어를 개발한 것이다.
빌은 1975년 2월과 3월 비좁은 기숙사 방에서 소프트웨어
개발에 매달렸다. 컴퓨터가 없는 탓에 상상을 통해 모의실험
을 하는 등 여건은 최악이었다. 그러나 두 사람은 고생 끝에
알테어용 소프트웨어를 완성했다.

빌이 전화로 MITS에 프로그램의 완성을 알리자 MITS 측은 심드렁하게 말했다.

"그거 좋은 소식이군요. 그렇다면 이곳으로 가져와서 테스트를 해봐야겠네요."

MITS 측에서는 별 기대 없이 형식적으로 테스트를 진행했다. 그런데 테스트 결과는 예상 밖이었다. 대성공이었다.

"정말 굉장하군요! 그동안 수십 명의 프로그래머들이 다녀갔는데 모두 실패했습니다. 두 사람이 굉장한 일을 해냈어요."

에드 로버츠 사장이 흥분한 목소리로 말했다. 주위에 서있던 직원들도 빌과 폴을 치켜세우며 칭찬했다.

빌과 폴 역시 감격스러운 나머지 환호성을 질렀다.

"빌, 드디어 우리가 해냈어!"

"그래, 폴, 우리가 해냈어!"

두 사람은 MITS에게 3천 달러의 계약금과 알테어용 소프트웨어 판매권에 대한 수수료를 받기로 했다. 이 일을 통해 폴은 MITS의 이사가 되었고 빌은 근처 호텔에 머물면서 기술적인 지원을 하게 되었다.

알테어용 소프트웨어 개발에 자신감을 얻은 빌 게이츠는 자신의 미래에 대해 깊이 생각했다. 한참 고민한 끝에 대학 2학년이던 1974년 4월 14일, 폴 앨런과 함께 천 달러의 자본금으로 '마이크로소프트'를 창업했다. 소프트웨어 혁명을 가져다줄 마이크로소프트의 항해가 시작된 것이다.

##  꿈을 위해 하버드를 포기하다

빌 게이츠와 폴 앨런이 회사의 이름을 마이크로소프트로 정한 데는 이유가 있었다. 마이크로소프트는 작은 컴퓨터라는 뜻이 담겨 있는 '마이크로Micro'와 소프트웨어를 뜻하는 '소프트Soft'가 합쳐진 것이었다.

상호를 정한 두 사람은 다음과 같은 목표를 정했다.

'모든 가정의 책상 위에 컴퓨터를'

두 사람은 누구나 컴퓨터를 쉽게 사용할 수 있는 미래를 꿈꾸었다.

"마이크로스프트는 개인용 컴퓨터 시대를 여는 주인공이

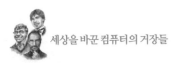

될 거야!"

아직 첫 단추를 끼웠을 뿐인데 빌과 폴은 마치 목표가 이뤄진 듯이 행복했다.

마이크로소프트의 첫 고객은 3천 달러에 알테어용 판매권 계약을 맺은 MITS였다. 빌과 폴은 MITS가 원하는 소프트웨어를 개발하는 일로 사업을 시작했다. 하지만 시간이 지날수록 두 사람이 해낼 수 없을 정도로 일이 많아졌다. 그래서 빌은 레이크사이드 고등학교에서 함께 프로그래밍을 했던 친구들을 수소문했다. 몇 명의 프로그래머들이 채워지자 비로소 고객사의 요청대로 소프트웨어를 만들 수 있었다.

마이크로소프트를 차린 후로 빌은 학교생활에 더욱 소홀해졌다. 빌은 회사 일 때문에 새 학기가 시작되는 첫 수업에만 참석할 뿐 그 다음 수업부터는 결석했다. 빌은 자신이 한 가지를 선택해서 집중해야 할 때가 왔다고 생각했다.

'마이크로소프트냐, 하버드냐. 둘 중 한 가지만 선택해야 해.'

깊이 생각한 끝에 빌은 하버드를 포기하고 마이크로소프트를 선택했다. 빌은 자신의 생각을 부모님께 말씀드렸다. 처음에는 부정적이었던 부모님도 확신에 찬 아들의 결심을 듣고 마음을 바꿔 흔쾌히 지지해 주었다.

빌은 하버드 대학 총장실을 찾아가 자신의 결심을 말했다.

"총장님, 저는 저의 미래를 위해 하버드 대학을 자퇴하기로 결심했습니다."

총장은 믿기지 않는다는 표정이었다.

"아니, 자네 지금 제정신인가? 하버드 대학은 다들 들어오고 싶어서 안달인데, 자네는 그만두겠다고?"

물론 총장 역시 빌이 마이크로소프트를 차렸다는 것을 알고 있었다.

"자네가 마이크로소프트라는 작은 회사를 운영한다는 말은 들었네. 하지만 회사 운영은 나중에 해도 되지 않은가?"

"총장님, 지금 마이크로소프트에 집중하지 않으면 미래는 없습니다. 고심 끝에 내린 결정이니 허락해 주십시오."

빌은 단호하게 말했다.

총장은 빌의 마음이 이미 하버드 대학을 떠났다는 것을 알고 있었다. 그래서 마지막으로 물었다.

"그렇다면 자네, 부모님께 자퇴를 해도 좋다는 허락은 받았겠지?"

빌은 미소 지으며 대답했다.

"네, 총장님. 이런 용기는 부모님께 배운 것입니다. 부모님은 저의 결정을 믿고 지지해 주고 계십니다. 머지않아 모든 가정의 책상 위에 컴퓨터가 놓이는 세상이 올 것입니다. 그런 세상에서 주인공이 되기 위해선 지금부터 준비하고 노력해야 한다고 생각합니다."

"그래, 알겠네. 자네의 성공을 빌겠네."

총장은 자신 앞에서 당당하게 말하는 빌이 평범한 인물이 아니라는 것을 느낄 수 있었다.

빌은 세계 최고의 대학인 하버드 대학에 자퇴서를 제출했다. 그렇게 해서 빌은 마이크로소프트의 사장으로서 일에만 전념할 수 있게 되었다.

 ## 왜 우리는 여전히 가난한 거지?

빌 게이츠와 폴 앨런 등 마이크로소프트 직원들은 MITS의 알테어용 소프트웨어인 베이직 프로그램을 개발하느라 분주

했다. 그들은 밤낮없이 일에 매달렸고 집에 들어가지 못하는 날이 많았다. 하지만 누구 한 사람 불평불만하지 않았다. 작은 컴퓨터에 사용할 수 있는 베이직 프로그램을 만드는 일에서 보람과 자부심을 가졌기 때문이다.

"빌! 드디어 베이직 프로그램을 완성했어."

어느 날 오후 폴이 개선장군처럼 큰 소리로 외쳤다.

빌과 폴을 비롯한 직원들은 하나같이 환호하며 기뻐했다. 두 달간의 고생 끝에 마이크로소프트는 최초의 상품인 베이직 프로그램을 완성한 것이다.

한 직원이 흥분한 어조로 말했다.

"이제 우리가 만든 소프트웨어가 시장에서 팔리겠죠. 그러면 돈도 벌 테고……."

"좋아하긴 아직 일러. 이제부터 시작이라고."

빌이 웃으며 말했다.

마이크로소프트는 베이직 프로그램을 MITS에 팔았다. 그리고 MITS는 베이직 프로그램을 시장에서 200달러에 소비자들에게 판매했다.

마이크로소프트가 베이직 프로그램을 개발한 지 얼마 지

나지 않아 고객들의 감사 편지가 쇄도했다. 빌은 베이직 프로그램 사용 후기가 담겨 있는 편지를 읽으면서 흐뭇한 표정을 지었다. 고객들의 편지는 줄어들 기미가 보이지 않았다. 오히려 시간이 지날수록 더 많은 편지들이 마이크로소프트에 배달되었다.

그런데 이상한 점은 제품을 잘 쓰고 있다는 내용의 편지가 수천 통 날아들지만 마이크로소프트는 여전히 자금난에 허덕이고 있다는 것이었다.

빌은 한 가지 의문에 휩싸였다.

'베이직 프로그램은 인기가 폭발인데, 우리는 왜 자금난에 시달릴까?'

얼마 지나지 않아 빌의 의문이 해결되었다. 시장에 종이테이프로 만든 해적판이 나돌았던 것이다. 당시 베이직 프로그램은 종이테이프에 구멍을 뚫은 형태였기 때문에 마음만 먹으면 누구나 프로그램을 복사할 수 있었다. 그래서 사람들은 가격이 비싼 소프트웨어를 구입하기보다 가격이 싼 해적판을 구입했던 것이다.

세상을 바꾼 컴퓨터의 거장들

그 사실을 알게 된 빌은 화가 치밀었다. 자신을 비롯한 마이크로소프트의 직원들이 두 달 동안 밤낮없이 고생해서 만든 소프트웨어가 제 가격을 받지 못한다는 것에 분노했다. 참다못한 빌 게이츠는 1976년 '홈브루 컴퓨터 클럽'에 '컴퓨터 애호가들에게 보내는 공개편지'를 게재했다.

"1년 전, 폴 앨런과 저는 컴퓨터 시장이 성장할 것이라는 생각에 알테어 베이직을 개발했습니다. 초기 작업은 단지 두 달밖에 걸리지 않았지만 저희는 1년 동안 베이직의 문서 작업과 성능 개선, 기능 추가를 해왔습니다. 우리가 개발한 베이직을 사용하고 있는 수백 명의 사용자들의 반응은 모두 긍정적이었습니다. 하지만 놀라운 점은 거의 모든 사용자들이 베이직을 구입한 적이 없고, 10퍼센트 미만의 사용자들만이 정품 베이직을 구입했다는 것입니다. 이때까지 저희가 판매상에게 받은 저작권료와 그동안 알테어 베이직을 개발하는 데 걸린 시간을 계산해 보면, 저희는 시간 당 2달러도 받지 못하는 셈입니다.

그 누가 아무런 보답 없이 전문적인 일을 하겠습니까? 어떤 프로그래머가 1년 동안 프로그래밍하고 버그를 고치고 문서화 작업을 한 것을 공짜로 배포하겠습니까?

알테어 베이직을 불법적으로 복제해서 재판매하는 사람들은 컴퓨터 애호가의 얼굴에 먹칠을 하는 것입니다. 그들은 반드시 추방되어야 합니다."


공개편지를 게재한 후 빌은 마음이 편치 않았다. 자금난에 허덕이면서도 누구나 쉽고 간편하게 사용할 수 있는 소프트웨어를 개발했지만 제 가치를 인정받지 못하는 현실 때문이었다.

빌이 공개편지를 게재하자 많은 사람들이 빌을 비난했다. 그들 가운데 인신공격성 발언을 하는 사람들도 있었다. 그동안 소프트웨어를 공짜로 사용했던 사람들의 반발이 컸다.

"소프트웨어를 대충 만들어 놓고 돈만 벌자는 생각이야?"

"그다지 성능도 안 좋은데 200달러면 너무 비싸지 않나요?"

"젊은 사람이 왜 그렇게 돈을 밝히나?"

쏟아지는 비난 속에서도 빌은 프로그래머들의 피와 땀이

담겨 있는 소프트웨어가 어엿한 상품이라는 생각을 굽히지 않았다.

빌은 마이크로소프트의 정당한 권리를 찾기 위해 다음 수순을 밟았다. MITS와의 계약서를 면밀히 살펴보았다. 이 계약서는 빌이 직접 작성하여 멀리 계시는 아버지에게 팩스로 보내 검토받았기 때문에 완벽했다. 계약서에는 10년간 전 세계적으로 베이직 프로그램을 사용할 수 있는 권리와 제3자에게 배포할 권리가 MITS에게 있다고 적혀 있었다. 계약서를 꼼꼼히 살펴보던 그는 중요한 마지막 문구 하나를 발견했다.

'MITS는 베이직 프로그램 상용화에 최선을 다할 것이며 그렇지 않을 경우 계약을 해지할 수 있다.'

빌은 이 문구에서 베이직 프로그램 해적판이 판매되는 데에 MITS 측의 책임이 있다는 것을 알게 되었다. 그동안 MITS는 베이직 프로그램의 해적판이 나돌아도 대수롭지 않게 여기고 있었다.

빌은 법원에 소송을 제기했다. 빌의 아버지는 아들을 위해 변호사를 소개해 주었다. 법정 공방은 지루하게 이어졌다. 시간이 지날수록 소송 비용이 산더미처럼 불어나 마이크로소프트는 파산 직전에 처했다.

　그러나 얼마 지나지 않아 기쁜 소식이 전해졌다. 법원이 마이크로소프트의 손을 들어준 것이다. 법원은 MITS가 소프트웨어 판매에 최선을 다하지 않은 사실을 들어 마이크로소프트에게 계약을 해지할 권리와 함께 새로운 협력 파트너에게 소프트웨어 사용권을 판매할 권리가 있다고 판결했다.

　계약서의 마지막 문구 하나가 빌 게이츠를 위기에서 구해준 것이다. 이 일을 계기로 빌은 소프트웨어를 공짜로 사용하는 사람들에게 베이직 프로그램이 상품이라는 메시지를 세상에 알릴 수 있었다.

 ## 인생 최고의 기회

　어느 날 빌 게이츠는 우연히 애플의 창업자 스티브 잡스에 관한 신문기사를 보게 되었다. 스티브 잡스가 최근 컴퓨터 업계에 선두주자로 떠오르고 있다는 기사였다. 빌은 자신과 나이가 같은 스티브 잡스가 작고 세련된 디자인의 컴퓨터를 만

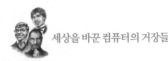

들어 돌풍을 일으키고 있는 것이 부러웠다.

자신처럼 스무 살에 차고에서 애플을 창업했다는 스티브 잡스가 대단한 인물 같았다. 빌은 기사를 읽어 내려갈수록 마음이 씁쓸했다. 스티브 잡스의 그늘에 가려서 빛을 발하지 못하는 자신이 초라했기 때문이었다.

당시 애플이 성공을 거두자 마이크로소프트와 같은 작은 컴퓨터 회사들이 우후죽순으로 생겨났다. 2천여 개가 넘는 컴퓨터 회사들이 대박을 꿈꾸며 소프트웨어를 만들고 있었다. 아직 세상에 내세울 만한 경력이 없어서 빌은 몹시 위축되었다. 빌의 자랑거리는 소형 컴퓨터용 베이직 프로그램을 최초로 만든 것뿐이었다.

하루하루 고민이 깊어 갔다.

'나와 동갑인 스티브 잡스는 애플 컴퓨터를 개발해 백만장자가 되었는데 나는 뭐지?'

'앞으로 시장에서 마이크로소프트가 살아남기 위해선 어떻게 해야 할까?'

빌이 이런 고민에 빠져 있을 무렵 미국 컴퓨터 하드웨어 시장의 선두주자인 IBM은 개인용 컴퓨터를 만드는 프로젝트를 비밀리에 추진하고 있었다. 빌은 마이크로소프트가 소형 컴퓨터 시장에 진입하기 위해선 IBM에게 판매할 수 있는 제대로 된 운영 프로그램을 만들어야 한다는 것을 알고 있었다. IBM 역시 자신들이 개발하고 있는 개인용 컴퓨터에 사용할 운영 프로그램이 필요했다. IBM은 그 프로그램을 자체적으로 개발하기보다 다른 기업에 맡기기로 했다.

IBM의 간부들은 개인용 컴퓨터의 운영 프로그램을 개발해줄 소프트웨어 회사로 디지털리서치를 꼽았다. 그리고 그들은 디지털리서치와 계약을 맺기 위해 캘리포니아 몬트레이로 향했다.

IBM의 간부들이 디지털리서치와 계약을 맺는다는 소식이 빌의 귀에도 들어갔다. 빌은 눈앞이 캄캄해지고 가슴이 두근거렸다. 만일 IBM이 디지털리서치와 계약을 체결하게 되면 마이크로소프트는 앞으로 운영체제 시장에 진입하기가 힘들겠다는 생각을 했다.

하지만 한편으로는 빌은 이런 생각도 들었다.

'아직 IBM이 디지털리서치와 정식으로 계약하지 않았어.

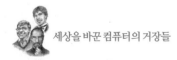

내가 계약을 할 수도 있어. 내게 그런 기회가 온다면 어떻게 해야 할까?'

빌은 자신에게 찾아올 기회를 생각하며 전략을 구상하기 시작했다.

IBM 간부들이 디지털리서치 사장실에 도착했을 때 사장인 게리 킬달 대신 그의 아내가 있었다.

킬달의 아내가 말했다.

"죄송합니다만, 지금 사장님은 외부에 계십니다."

"아니, 저희와 계약하기로 해놓고 외부에 계시다니요?"

IBM의 간부들은 중소 업체에 불과한 디지털리서치의 처사에 화가 치밀었다. 킬달의 아내가 나서서 말했다.

"제가 사장님을 대신해서 계약 내용에 대해 말씀을 드리겠습니다."

IBM의 간부들은 킬달의 아내와 계약 내용에 대해 의견을 나누었다. 하지만 몇 시간이 흘러도 두 회사 간의 입장 차이는 좁혀지지 않았다. 결국 계약은 성사되지 못했다.

그렇게 IBM 간부들은 빈손으로 디지털리서치를 나서야 했다.

사장 게리 킬달은 일부러 자리를 비운 것이었다. 대기업인

IBM을 상대로 협상을 벌여 봤자 얻는 것보다 잃는 것이 더 많을 거라는 생각에 아내를 내세웠던 것이다.

디지털리서치와 계약 체결에 실패한 IBM은 당혹스러웠다. 개인용 컴퓨터 개발을 앞두고 있었던 탓에 한시도 지체할 수 없었다. 그들은 시애틀의 밸리뷰로 향했다. 언젠가 자신들과 일해 본 경험이 있는 마이크로소프트와 작업하기 위해서였다.

잠시 후 IBM 간부들은 마이크로소프트 사장실로 향했다. 그곳에는 청바지를 입은 대학생 정도로 보이는 청년이 앉아 있었다.

"빌 게이츠 사장님을 만나러 왔습니다."

그러자 청년이 환하게 웃으며 말했다.

"네, 제가 바로 빌 게이츠입니다."

IBM 간부들은 깜짝 놀랐다. 마이크로소프트의 사장이 너무나 어렸기 때문이었다.

"IBM은 현재 개발 중인 개인용 컴퓨터에 사용될 운영체제를 당신 회사에 맡기고 싶습니다. 저희가 제안하는 여러 가지 프로그램을 개발해 줄 수 있겠습니까?"

"너무 갑작스런 제안이라서 당황스럽군요."

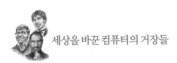

세상을 바꾼 컴퓨터의 거장들

빌은 말은 이렇게 하면서도 마음속으로는 기쁨의 비명을 내질렀다.

빌이 잠시 침묵하자 초조한 표정으로 IBM의 한 간부가 말했다.

"지금 시간이 없습니다. 곧 저희는 개인용 컴퓨터 개발을 마치게 됩니다. 저희가 의뢰하는 운영체제는 꼭 필요한 소프트웨어입니다. 이것을 마이크로소프트에서 개발해 주셨으면 합니다."

빌 게이츠가 침착한 어조로 IBM의 제안을 받아들였다.

"네, IBM의 제안을 받아들이겠습니다. 말씀하신 대로 IBM에서 개발 중인 개인용 컴퓨터에 사용할 운영체제를 개발하겠습니다."

빌 게이츠는 IBM과 계약을 체결했다. 이렇게 해서 마이크로소프트는 운영체제 시장에 도전장을 내밀 수 있게 되었다.

# 스물다섯 살에 벌인 세기의 협상

빌 게이츠는 운영체제 시장에 진입하기 위해 IBM의 운영체제 소프트웨어 개발 의뢰를 선뜻 받아들였지만 큰 어려움이 따랐다. 역량이나 규모 면에서 이 같은 프로그램 개발이 힘에 부쳤기 때문이었다.

하지만 빌 게이츠가 어떤 사람인가? 그는 한번 하겠다고 마음먹은 일은 어떤 일이 있어도 완성하는 사람이었다. 폴 앨런 등 빌과 함께 하는 프로그래머들 역시 한번 시작한 일은 끝장을 보는 성격이었다.

당시 폴은 어떤 컴퓨터 회사가 무엇을 개발하고 있는지 조사하고 있었다. 폴은 시애틀에 있는 한 컴퓨터 회사가 소형 컴퓨터와 함께 Q-DOS라는 운영체제를 만들고 있다는 사실을 알게 되었다. 빌과 폴은 그 컴퓨터 회사로부터 Q-DOS를 5만 달러에 구입했다. 그리고 그것을 IBM이 개발 중인 컴퓨터에 맞게 수정했다. 이 일은 직접 운영체제를 개발하는 일에 비하면 정말 식은 죽 먹기였다. 수정 작업이 끝난 후 빌과 폴은 이 운영체제에 MS-DOS라는 이름을 붙였다.

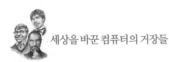

마이크로소프트는 MS-DOS를 테스트했는데 예상대로 성능은 완벽했다. 제대로 씻지도 못하고 자지도 못하는 힘든 상황을 견디고 MS-DOS를 개발한 직원들은 하나같이 기쁨의 환호성을 질렀다.

당시 컴퓨터 시장은 제조업체마다 운영체제와 중앙처리장치CPU가 제각각이어서 호환이 전혀 이루어지지 않았다. 그래서 IBM에는 운영체제에 대한 소비자들의 불만이 쇄도하고 있었다. IBM은 고민 끝에 컴퓨터 업체에 하나의 표준규격을 사용하자고 제안했다. 그렇게 해서 MS-DOS가 나온 것이다.

MS-DOS가 개발되자 IBM은 빌에게 MS-DOS 판권 구입 협상차 IBM 본사가 있는 마이애미로 와달라고 요청했다. IBM은 하드웨어가 소프트웨어보다 중요하다고 생각했던 반면에 빌은 소프트웨어가 반드시 하드웨어를 이길 것이라고 확신했다. 그래서 빌은 IBM 측과 새로운 협상을 벌일 생각으로 마이애미로 향했다.

마이애미에 도착한 빌은 IBM 측 간부들을 만났다. IBM의 간부들은 초조하게 앉아 있었지만 빌은 여유가 있었다. 이미 IBM 간부들의 마음을 간파했기 때문이다.

IBM 측에서 먼저 입을 열었다.

"제조업체들은 저마다 다른 운영체제와 중앙처리장치를 사용해서 호환이 전혀 안 됩니다. 지금 이를 개선해 달라는 소비자들의 주문이 폭주하고 있습니다. 그래서 저희는 컴퓨터 제조업체의 표준규격을 하나로 통일시키고자 마이크로소프트의 MS-DOS를 구입하려 합니다."

빌의 생각대로 상황이 진행되고 있었다. 잠시 후 침묵을 지키던 빌이 말했다.

"예, 좋습니다. 다만 한 가지 조건이 있습니다."

"어떤 조건입니까?"

"IBM이 저희 마이크로소프트에서 개발한 MS-DOS를 판매할 때마다 로열티를 지급해 주십시오."

하드웨어가 소프트웨어를 이긴다는 신념을 가지고 있던 그들은 그 정도 요구는 얼마든지 들어줄 수 있다고 생각했다.

"별 어려운 문제도 아니니 그렇게 하겠습니다."

IBM의 간부들은 속으로 빌을 비웃었다.

'스물다섯 살밖에 안 된 애송이가 뭘 알겠어? 기껏 소프트웨어를 팔아 로열티를 받아 봐야 얼마나 번다고. 한심한 친구

같으니라고, 쯧쯧!'

그러나 빌은 생각이 달랐다.

'비록 지금은 소프트웨어가 하드웨어에 밀리지만 머지않아 소프트웨어가 하드웨어보다 더 중요한 세상이 올 거야. 그날이 오면 당신들은 오늘의 협상을 후회하게 될 거야.'

이렇게 해서 빌은 MS-DOS가 팔릴 때마다 IBM에게 로열티를 지급받게 되었다. 스물다섯 살의 사업가 빌이 컴퓨터 시장의 공룡 기업인 IBM과의 협상에서 보기 좋게 승리한 것이다.

MS-DOS가 출시되자 400만 달러에 불과했던 연매출이 1600만 달러로 크게 뛰어올랐다. 작은 기업에 지나지 않던 마이크로소프트는 점점 큰 기업으로 성장해 가고 있었다.

훗날 IBM 사장은 그때의 협상을 뼈저리게 후회했다.

"그 당시 빌 게이츠는 스물다섯 살밖에 되지 않은 청년이었지만 협상력은 대단했습니다. 하드웨어가 소프트웨어를 이긴다고 생각했던 우리 IBM은 보기 좋게 빌 게이츠에게 강펀치를 맞고 말았습니다."

## 소프트웨어가 하드웨어를 이기다

1981년 8월 22일, IBM은 세계 최초로 개인용 컴퓨터를 개발했다. 그리고는 언론을 통해 개인용 컴퓨터를 대대적으로 알려 나갔다.

IBM의 개인용 컴퓨터는 컴퓨터 시장에 폭발적인 변화를 가져왔다. 그동안 비싼 가격에 컴퓨터 구입을 망설였던 사람들이 IBM이 야심 차게 내놓은 개인용 컴퓨터를 구매했다. 사용해 본 사람들의 입소문이 나면서 개인용 컴퓨터는 날개 돋친 듯 팔려 나갔다.

빌은 마이크로소프트 사장실에서 IBM의 행보를 면밀히 지켜보고 있었다. 빌의 입가에는 미소가 번졌다. 과거에 자신이 예상했던 대로 컴퓨터 시장이 움직이고 있었기 때문이다.

'이거 참 고마운 일이군. 개인용 컴퓨터를 구입한 사람들에게 운영체제 소프트웨어는 필수품이니 우리 마이크로소프트에서 만든 소프트웨어 역시 팔리는 것이지.'

빌은 소프트웨어가 하드웨어를 이겼다는 생각에 눈시울이 뜨거워졌다.

IBM의 개인용 컴퓨터는 수백만 대나 팔려 나갔다. IBM의 개인용 컴퓨터의 성공에 용기를 얻은 수많은 컴퓨터 회사들이 앞다투어 IBM을 모방해 소형 컴퓨터를 만들기 시작했다.

사람들은 IBM의 컴퓨터 뿐 아니라 다른 회사에서 만든 컴퓨터도 구입했다. 가격이 저렴한 데다 성능이 비슷했기 때문이었다. 얼마 지나지 않아 컴퓨터 시장은 폭발적으로 급성장했다. 당시 판매된 컴퓨터는 그 수를 헤아릴 수 없을 정도였다.

IBM은 MS-DOS가 설치된 컴퓨터를 한 대 팔 때마다 마이크로소프트에 로열티를 지불했다. 특히 IBM과의 계약 협정에 IBM에만 독점 공급한다고 명시하지 않았기 때문에 마이크로소프트는 MS-DOS를 얼마든지 자유롭게 다른 업체에도 판매할 수 있었다. 이에 마이크로소프트의 매출은 상상을 초월할 정도로 빠르게 늘어났다.

1981년 미국의 시사 잡지 〈타임〉은 '올해의 인물'로 사람 대신 개인용 컴퓨터를 선정했다. 그만큼 그해 개인용 컴퓨터가 세계적으로 선풍적인 인기를 끌었던 것이다. 이때 '컴퓨터 혁명'이라는 신조어까지 생겨났다.

전 세계의 컴퓨터 회사들은 단기간에 세계적인 기업으로

성장한 마이크로소프트를 벤치마킹하기 위해 찾아왔다. 그들이 마이크로소프트를 찾아온 이유는 또 있었다. 바로 컴퓨터 업계의 최고 강자인 IBM과 경쟁하기 위해선 MS-DOS가 필요했기 때문이다.

시간이 흐르면서 IBM의 아성을 넘보는 경쟁자가 우후죽순처럼 생겨났다. 그럴수록 빌을 비롯한 마이크로소포트의 직원들은 쾌재를 불렀다. IBM의 경쟁자가 늘어날수록 MS-DOS가 판매량이 늘어났기 때문이다.

초라하게 시작했던 마이크로소프트는 이제 어느 기업도 넘볼 수 없는 컴퓨터 업계의 공룡이 되어 가고 있었다. 컴퓨터를 제조 판매하기 위해선 반드시 마이크로소프트의 MS-DOS가 필요했다.

언론은 앞다투어 마이크로소프트의 사장인 빌 게이츠를 기사화했다. 이제 빌과 마이크로소프트를 모르는 사람이 없을 정도였다. 빌은 이미 세계적으로 유명 인사가 되어 있었다.

빌 게이츠는 MS-DOS라는 소프트웨어 한 장으로 컴퓨터 시장을 장악했다. 오래전 빌의 예상대로 소프트웨어가 하드웨어를 이긴 것이었다.

1985년, 빌은 MS-DOS보다 사용하기 편리한 새로운 운영체제인 '윈도우'를 개발했다. 복잡하고 어려운 명령어를 입력하는 대신 간단히 그림 명령어(아이콘)를 마우스로 클릭하여 컴퓨터의 다양한 기능을 활용할 수 있게 되었다. 이후에 윈도우는 세계에서 가장 널리 쓰이는 운영체제가 되었다.

"일일이 명령어를 입력하지 않아도 되고 정말 편하네."

"이렇게 편한 것을 진작 개발할 것이지, 왜 이제야 개발했어?"

그런데 윈도우는 2년 전 애플의 스티브 잡스가 개발한 프로그램을 모방한 것이었다. 그래서 사람들은 애플이 개발한 것을 베꼈다며 빌을 비난했다. 하지만 그런 비난 속에서도 윈도우는 훗날 빌 게이츠를 컴퓨터 황제로 만들어 준 일등 공신이 되었다.

 ## 서른한 살, 최연소 억만장자가 되다

1986년, 빌 게이츠는 서른한 살이 되었다. 그동안 마이크로소프트 역시 빠르게 성장했다.

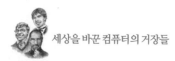
세상을 바꾼 컴퓨터의 거장들

컴퓨터 시장은 마이크로소프트가 장악하고 있었다. 컴퓨터 회사들은 빌이 개발한 MS-DOS가 없는 하드웨어만으로는 컴퓨터를 판매할 수가 없었다. 그래서 그들은 판매에 따른 로열티를 지급하겠다는 조건으로 MS-DOS의 사용권을 얻었다.

그해 마이크로소프트는 주식시장에 상장되었다. 그 결과 빌은 서른한 살의 나이에 최연소 억만장자의 자리에 오르게 되었다. 빌은 젊은 나이에 어마어마한 재산을 갖게 된 것이다.

전 세계 경제 잡지들은 최연소 억만장자가 된 빌의 기사를 경쟁이라도 하듯이 실었다. 사람들은 빌의 기사를 보며 부러워했다. 세계적인 부자가 된 빌은 감격스러웠지만 마음 한편으로는 부담도 있었다. 사실 그는 돈을 벌기 위해 마이크로소프트를 차린 것도, MS-DOS를 개발한 것도 아니었기 때문이다.

빌은 모든 책상과 모든 가정에 컴퓨터를 보급하기 위해 최선을 다해 살았다. 그 결과 꿈도 이루고 억만장자도 되었다.

빌은 자신의 재산 가운데 일부를 좋은 일에 쓰고 싶었다. 그래서 이 생각을 폴 앨런에게 털어놓았다. 폴도 빌의 의견에 동의했다.

그렇게 해서 두 사람은 220만 달러를 출자하여 모교인 시

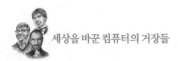

애틀 레이크사이드에 과학과 수학 연구 센터를 설립했다. 센터 이름은 두 사람의 이름을 따서 짓기로 했는데, 한 가지 문제가 있었다. 두 사람 중에 누구의 이름을 앞에 놓을 것인가 하는 것이었다. 두 사람은 어린 시절 즐겨 했던 동전 던지기 방법으로 정하기로 했다. 동전 던지기에서 빌이 지는 바람에 연구 센터의 이름은 '앨런-게이츠 홀'이 되었다.

4년 후인 1990년, 빌은 자신을 키워 준 부모님에 보답하다는 뜻에서 모교인 워싱턴 주립대학교에 1200만 달러를 기부했다.

빌의 재산은 매년 무서운 속도로 증가했다. 해마다 미국의 경제 잡지 〈포브스〉지에 억만장자로 이름이 실렸다. 그러자 일각에서는 돈만 밝히는 장사꾼이라고 빌을 비난하는 사람들도 생겼다.

빌 게이츠 부부는 눈덩이처럼 불어나는 재산을 어떻게 관리해야 할지 고민이었다. 그리고 훗날 자식들에게 물려줄 유산도 미리 정해 둘 필요가 있다고 판단했다.

빌 게이츠 부부는 고민 끝에 자식들에게 천만 달러만 유산으로 남기고 모두 사회에 환원하기로 했다. 이렇게 해서 부부

이름을 딴 '빌 앤드 멜린다 게이츠 재단'이 탄생하게 되었다.

또한 빌은 자선 사업에 전념하기 위해 은퇴했다. 빌의 자선 활동은 단지 가진 돈을 기부하는 데만 머무르지 않았다. 지금도 빌은 1년에 한 번씩 가난한 나라들을 방문해 지원하고 있다. 의료보건 분야의 자선사업에 기부하는 기금만 해도 1년에 10억 달러에 달한다.

현재 빌 게이츠 부부는 '노블레스 오블리주', 즉 돈이 많은 사람으로서 사회를 위한 의무를 충실히 실천하고 있다.

# How?
## 빌 게이츠 4가지 성공 비결

### 1. 독서가 힘이다

빌 게이츠는 "오늘날 나를 존재하게 한 것은 우리 동네 작은 도서관이었다"라고 말했다. 그가 성공할 수 있었던 것은 독서 습관 덕분이었다. 어린 시절, 빌 게이츠는 백과사전을 완독하며 자연스럽게 독서 습관이 몸에 배었고, 동네 도서관에 수시로 가서 책을 읽었다. 유명한 사람의 전기, 공상과학 소설, 역사책 등 다양한 분야의 책을 독파하면서 생각이 깊어지고 창조적인 일을 해내는 데 많은 도움을 얻었다.

## 2. 가슴 뛰는 꿈을 정하라

　성공한 사람들은 하나같이 확고한 꿈이 있다. 컴퓨터 황제 빌 게이츠 역시 그랬다.

　'모든 가정의 책상 위에 컴퓨터를'

　빌은 모든 사무실과 가정에 컴퓨터를 설치하겠다는 꿈이 있었다. 그리고 그 꿈을 이루기 위해 소프트웨어 개발에 박차를 가했다. 그리하여 마이크로소프트 최초의 상품인 베이직 프로그램을 완성해 누구나 쉽게 컴퓨터를 사용할 수 있는 세상을 만들었다.


## 3. 현명하게 선택하고 바보처럼 집중하라

　하버드 대학은 세계 최고의 명문 대학이다. 하지만 마이크로소프트 창업을 위해 하버드 대학을 포기했다. 그는 자신이 선택한 마이크로소프트에 몰입했고 그 결과 세계 최고의 소프트웨어 회사로 성장시켰다.

　자신의 분야에서 최고가 된 사람들은 빌 게이츠와 같이 '선택'과 '집중'의 대가들이다. 지금 자신이 무엇을 선택해야 하고, 어떻게 집중하는지를 잘 알고 있다. 공부할 때는 공부에만 집중해야 한다. 운동을 할 땐 운동을, 친구들과 놀 때는 놀이에 몰입해야 한다.

## 4. 끈기는 시련보다 힘이 세다

빌 게이츠는 공립초등학교 시절, 일주일 일정의 도보 행군 행사에 참가했다. 행군 거리는 약 80킬로미터로 결코 짧지 않은 거리였다. 하루에 10킬로미터 이상 걸어야 하는 만큼 끈기가 있어야 했다.

그때 새 운동화를 신고 있었던 빌은 발뒤꿈치뿐 아니라 발바닥까지 물집이 잡혔다. 한 걸음 한 걸음 내딛는 것이 무척 고통스러웠다. 하지만 빌은 쉽게 포기하지 않고 최선을 다했다. 훗날 빌은 시련과 역경이 닥칠 때마다 그때의 경험을 떠올렸다고 한다.

어떤 일이든 끈기를 가지고 끝까지 해보자. 그래야 실패하더라도 왜 실패했는지 알 수 있다. 그리고 부족했던 부분을 보완하면서 다음에는 더 잘할 수 있게 된다.

# '애플'의
# 스티브 잡스―

## 말썽꾸러기에서 컴퓨터, 영화,
## 음악 산업의 제왕으로

STORY · TWO

# 아무도 못 말리는
# 말썽꾸러기 스티브

스티브 잡스는 1955년 2월 24일 캘리포니아 주 샌프란시스코에서 태어났다. 스티브의 어머니는 당시 대학원에 다니던 미국계 여인이었고 아버지는 시리아계 청년이었다. 두 사람은 정식으로 결혼한 부부가 아니었다. 그런데 아버지는 어머니가 임신한 사실을 알고는 떠나 버렸다.

스티브가 태어난 1950년대만 해도 남편 없이 혼자서 아이를 낳은 여성이 선택할 수 있는 길은 아이를 입양시키는 것이었다. 스티브의 친어머니는 아이를 좋은 양부모에게 보내 주는 것이 아이를 위한 최선이라고 생각했다.

스티브의 친어머니는 아이의 미래를 위해 양부모가 대학을 졸업한 사람이어야 한다는 조건을 내세웠다. 처음 스티브를 입양하기로 한 사람들은 변호사 부부였다. 그런데 그들이 아들이 아닌 딸을 원하는 바람에 입양이 무산되고 말았다. 결국은 샌프란시스코에 사는 폴 잡스 부부에게 스티브를 입양시키기로 했다. 폴 잡스 부부는 10년이 넘도록 아기를 갖지 못해 임신을 거의 포기한 상태였다.

　그런데 폴 잡스 부부는 대학 졸업자가 아니었다. 스티브의 어머니는 깊이 고민했지만 아이를 반드시 대학까지 보내 주겠다는 폴 잡스 부부의 말에 입양을 승낙했다.

　스티브가 열 살이 지났을 무렵 폴 잡스 부부는 마운틴뷰 부근으로 이사했다. 그 지역이 바로 실리콘밸리의 역사가 시작된 곳이다. 그 덕분에 스티브는 미국 최첨단 벤처기업이 몰려 있는 실리콘밸리에서 어린 시절을 보내는 행운을 누리게 되었다.

　당시 마운틴뷰에는 실리콘밸리의 전자 회사에서 근무하는 엔지니어들이 살고 있었다. 특히 스티브의 집 근처에는 컴퓨터와 프린터기 제조 회사로 유명한 휴렛패커드에 다니는 엔지니어들이 많았다. 그들은 하나같이 차고에서 무언가를 조립하며 주말을 보냈다. 천성적으로 호기심이 많았던 스티브는 그들의 모습을 통해 자연스레 전자기기와 가까워졌다.

　어린 시절의 스티브는 총명했지만 다소 산만한 아이였다. 그래서 스티브는 또래 아이들과 친하게 지내지 못했다. 스티브와 함께 학교를 다녔던 한 친구는 그를 '늘 우는 소리를 하는 외톨이'라고 회상했다.

스티브는 학교에서 지독한 말썽꾸러기였다. 선생님들은 스티브의 말썽에 혀를 내두를 정도였다. 스티브는 품행이 불량하고 선생님들에게 자주 대들었는가 하면, 숙제는 아예 손도 대지 않았다.

스티브에게 학교생활은 너무나 따분하고 지루했다. 그래서 어떻게 하면 학교생활을 재미있게 할 수 있을까 하는 생각만 했다. 스티브는 교실에 폭발물을 터뜨리고 뱀을 풀어 놓은 적도 있었다. 순식간에 교실은 아수라장이 되었고 제대로 수업을 진행할 수가 없었다. 스티브는 정말 아무도 못 말리는 말썽꾸러기였다.

하지만 스티브는 4학년이 되면서 담쌓았던 공부를 열심히 하기 시작했다. 공부의 재미를 알게 해준 사람은 이모진 테디 힐 선생님이었다. 테디 힐 선생님은 말썽꾸러기 스티브가 실은 매우 총명한 아이라는 것을 알고 있었다.

"스티브, 숙제를 다하면 5달러를 주마."

"스티브, 이 수학 문제를 다 풀면 상으로 막대 사탕을 줄게."

테디 힐 선생님은 스티브가 상급 과정의 수학 문제를 풀면

서 공부에 재미를 느끼도록 했다. 테디 힐 선생님과 함께했던 1년 동안 스티브는 학교에서 가장 많은 것을 배웠다. 테디 힐 선생님은 스티브에게 5학년을 건너뛰고 바로 중학교에 입학하라고 권유했다. 폴 잡스 부부는 테디 힐 선생님의 말에 동의하여 스티브는 또래보다 1년 일찍 크리튼던 중학교에 입학했다.

중학생이 된 스티브는 새 학교에 잘 적응하지 못했다. 마운틴뷰의 크리튼던 중학교의 아이들은 사우스 샌프란시스코의 학교 아이들보다 훨씬 거칠었다. 게다가 학교가 빈민가 지역에 있었기 때문에 학생들이 패싸움을 벌여 경찰이 출동하는 일이 잦았다. 스티브는 일찍 중학교에 입학한 것을 후회했다.

스티브는 도무지 정이 붙지 않는 학교에 더는 다닐 수 없다고 결심했다. 그리고 자신의 뜻을 아버지에게 말씀드렸다.

"아버지, 크리튼던 중학교에 다니기 싫어요."

스티브가 다른 학교에 다니기 위해선 이사를 가야 했기 때문에 폴 잡스 부부는 한참동안 스티브를 설득했다. 하지만 스티브는 막무가내였다. 고집 센 스티브의 결심을 바꿀 수 없었다. 그냥 두었다가는 스티브가 영영 학교를 떠나 불량 청소년이 될지도 모를 일이었다.

결국 폴 잡스 부부는 스티브의 학교를 옮기기로 마음먹었다.

"좋다! 스티브. 네가 원하는 대로 하자."

얼마 후 잡스 가족은 스티브의 전학을 위해 로스앨터스로 이사했다. 그렇게 해서 스티브는 크리튼던 중학교에서 쿠퍼티노 중학교로 전학하게 되었다.

 악동 워즈를 만나다

학교에서 스티브는 친구들과 잘 어울리지 못하는 왕따였다. 스티브는 늘 혼자만의 생각에 빠져 지냈다. 또래 아이들과 시시껄렁한 이야기나 할 바에는 차라리 말을 안 하는 편이 낫다고 생각했기 때문이다.

친구들은 그런 스티브를 보며 수군거렸다.

"스티브는 좀 이상한 애야. 우리랑 어울리지도 않고."

"맞아, 아무래도 이상해. 약간 모자란 것 같아."

하지만 스티브는 아랑곳하지 않았다. 그냥 혼자만의 시간을 즐기는 것이 좋았다.

스티브에게는 다른 친구들에게 없는 강점이 있었다. 바로 자신이 목표하고 계획하는 일은 어떤 일이 있어도 해내고 마는 도전 의식과 집념이었다. 스티브는 어떤 시련이나 역경이 있어도 마음먹은 일을 해내야 직성이 풀리는 성격이었다.

한 번은 이런 일도 있었다. 스티브가 차고에서 전자회로 주파수를 측정하는 주파수 카운터를 만들기 위해 애쓰고 있었다. 그런데 가장 중요한 부품이 하나 빠져 있었다.

"어쩌지? 그 부품이 꼭 필요한데……."

골몰하던 끝에 스티브는 좋은 생각을 떠올렸다.

"맞아!"

스티브는 전화번호부를 뒤져 한 회사에다 전화를 걸었다.

"여보세요?"

굵직한 목소리의 남자가 전화를 받았다.

스티브는 침착하게 자신을 소개했다.

"안녕하세요? 저는 쿠퍼티노 중학교에 다니는 스티브 잡스

라고 합니다. 지금 제가 주파수 카운터를 만들고 있는데 부품이 모자라서요. 제가 도움을 받을 수 있을까 해서 전화를 드렸습니다.”

그러자 남자가 물었다.

“꼬마야, 내가 누군지 알고 하는 얘기니?”

스티브는 당차게 대답했다.

“네, 알고 있어요. 전화번호부에 빌 휴렛 씨로 나와 있는 걸요.”

“하하! 정말 당찬 꼬마로구나.”

남자는 어이없는 웃음을 터뜨렸다.

그 사람은 세계 최대 PC 제조업체인 HP(휴렛패커드)의 사장 빌 휴렛이었다. 당시 그는 미국 최첨단 전자 회사의 사장이었다. 빌 휴렛의 입장에서 보면 대책 없는 꼬마라고 생각할 만도 했다.

빌은 스티브와 통화를 하면서 보통 소년이 아니라는 인상을 받았다. 어쩌면 훗날 대단한 인물이 될지도 모를 그 소년의 부탁을 들어주고 싶었다.

“얘야, 필요한 부품이 뭔지 말해 보겠니? 아저씨가 모두 보내줄 테니.”

그렇게 해서 스티브는 빌 휴렛에게 자신이 원하는 부품을 공짜로 얻을 수 있었다.


쿠퍼티노 중학교에서 스티브의 친구는 딱 한 명, 빌 페르난 데스였다. 변호사의 아들인 빌은 깡마른 체구로, 열정적이었 지만 스티브처럼 다른 아이들과 잘 어울리시 못했다. 그래서 늘 혼자였다. 스티브는 그런 빌이 마음에 들었다. 스티브와 빌이 친하게 지내는 것을 학교 친구들은 뒤에서 수군거리며 놀려 댔다. 둘 다 깡말랐던 데다 괴짜였기 때문이다.

1968년, 스티브 잡스는 홈스테드 고등학교에 들어갔다. 당 시 실리콘밸리 지역의 많은 고등학생들이 전자공학 분야에 서 일하고 싶어 했다. 스티브 역시 전자공학 분야에서 일하고 싶은 생각에 전자공학 강좌를 신청했다.

어느 날 빌이 스티브에게 물었다.

"스티브, 혹시 스티브 워즈니악이라는 형 알아?"

"아니, 모르는데."

"그 형 우리 동네에서 정말 유명한데, 워즈 형이 지금 우리 집 차고에서 컴퓨터를 만들고 있어. 내가 그 형을 소개해 줄까?"

그렇게 해서 스티브는 빌을 통해 워즈와 만나게 되었다. 두 사람의 만남은 후에 애플 탄생을 예고하는 역사적인 사건이었다. 성격과 관심 분야가 비슷한 두 사람은 금방 가까워졌다.

당시 워즈는 콜로라도 대학교에 다니고 있었다. 워즈는 공부와 거리가 먼 데다 장난이 심해서 학교에서 악동으로 소문이 자자했다. 하지만 그는 곧잘 우스갯소리로 사람들에게 즐거움을 주어서 유쾌하다는 평을 들었다. 그러나 워즈는 대학 1학년만 마치고 학교에서 쫓겨나고 말았다. 대통령 선거일에 학교 컴퓨터에 계속 비난 메시지를 띄운 것이 발각되었기 때문이다. 학교에서 쫓겨날 정도로 소문난 악동이었지만 워즈는 스티브와 마찬가지로 마음먹은 일은 반드시 이루고야 마는 성격이었다. 그런 그에게 한 가지 꿈이 있었는데, 바로 자기 손으로 컴퓨터를 만드는 것이었다.

워즈는 친구 앨런 봄과 함께 컴퓨터를 만들던 중, 앨런이 매사추세츠 공과대학에 다니기 위해 동부로 떠나 버렸다. 그러자 워즈는 혼자서라도 컴퓨터를 만들기로 결심했다.

'앨런이 없다고 해서 컴퓨터 개발을 포기할 순 없어. 나 혼자서라도 반드시 해낼 거야.'

그때 마침 워즈의 맞은편 집에 살고 있던 빌 페르난데스가 워즈의 일에 가담하면서 빌의 집 차고에서 작업을 하게 되었고 스티브와도 만나게 된 것이다.

　당시 컴퓨터는 워낙 가격이 비싼 탓에 대기업이나 관공서에서만 사용하고 있었다. 그래서 작은 기업이나 일반 사람들은 컴퓨터를 사용할 수 없었다. 워즈는 크기는 작으면서 가격은 저렴한 개인용 컴퓨터를 개발하고 싶었다.

　워즈는 동네에서 전자 분야의 최고 기술자로 꼽혔다. 그는 동네 아이들의 우상이었다. 아이들은 워즈에게서 전자 분야의 지식을 배우곤 했다.

　스티브는 워즈와 가까워질수록 워즈가 가진 전자 분야에 대한 지식과 기술에 혀를 내둘렀다.

　"워즈 형, 어떻게 전자 분야에 대해 모르는 게 하나도 없어? 정말 대단해."

　"그냥 조금 아는 것뿐인데 뭘. 하하!"

　사실 그동안 스티브는 자신도 전자 분야에 대해 꽤 많이 알고 있다고 생각했다. 하지만 워즈를 만나면서 자신의 실력은 아무것도 아니라는 것을 깨달았다.

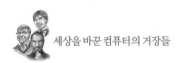

스티브와 워즈는 틈틈이 실리콘밸리를 돌아다니며 젊은 엔지니어들과 어울렸다. 그러면서 자연스레 새로운 컴퓨터와 전자 분야의 신제품에 대한 해박한 지식을 얻었다.

 ## 돈 버는 재능을 발견하다

열여섯 살이 되자 스티브 잡스는 '나는 누구인가?'라는 정체성 혼란에 시달렸다. 그는 자신이 누구인지, 자신이 어떤 일을 좋아하는지, 앞으로 어떤 일을 하며 살아가야 하는지 머릿속이 몹시 혼란스러웠다.

'나는 누구일까?'

'나는 왜 이 세상에 태어난 걸까?'

'나는 어떤 일을 잘할 수 있을까?'

스티브는 전자 부품에 관심을 가지면서도 셰익스피어의 작품 등 다양한 문학책을 읽으며 자신의 정체성을 찾고자 노력했다. 그는 전자 분야 외에도 자신이 잘할 수 있는 일이 있지 않을까 하는 물음을 던졌다. 스티브는 학교 공부 외에 자신이 할 만한 일을 찾기 위해 반품 제품을 파는 할텍이라는 상점에서 잠시 아르바이트를 하기도 했다. 이때 스티브는 새로 출시되는 제품의 기능과 가격 등에 대한 안목을 키울 수 있었다.

'학교생활은 정말 지겨워. 뭐 재밌는 일이 없을까?'

스티브는 학교생활이 따분했다. 그래서 스티브는 학교 수업을 빼먹는 날이 많았다. 그러던 중 스티브의 관심을 끄는 일이 생겨났다. 당시 컴퓨터에 관한 지식이 있는 사람들은 AT&T(미국전신전화회사)에 특정 주파수를 보내 공짜로 전화를 걸었다. 쉽게 말해 전화 해킹이다. 스티브는 친구에게 공짜로 전화를 거는 기술을 배웠다. 그러고는 워즈와 함께 여기저기에 공짜 전화를 걸며 시간을 보냈다.

"우와! 이거 정말 굉장한데!"

"우리가 공짜로 전화를 걸 수 있는 제품을 만들면 어떨까?"

"오, 그거 좋은 생각인데……."

두 사람은 누구나 쉽게 공짜로 전화를 걸 수 있는 제품을 만들기로 했다.

많은 실패를 거듭한 끝에 두 사람은 공짜로 전화를 걸 수

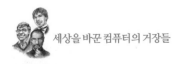

있는 제품을 개발했다. 제품에 '블루박스'라는 이름을 붙였다. 스티브는 워즈에게 한 가지 제안을 했다.

"워즈, 좋은 생각이 있어. 블루박스를 사람들에게 돈을 받고 파는 거야."

"그건 옳지 않은 일이야."

"하지만 어려운 사람들은 블루박스 덕분에 공짜로 전화를 걸 수 있잖아."

"……."

처음에 반대했던 워즈는 스티브의 설득에 넘어가 블루박스를 파는 데 찬성했다. 그렇게 해서 두 사람은 40달러를 들여 블루박스를 만들어 150달러에 팔았다. 불법이었지만 스티브의 블루박스는 만들기가 무섭게 팔렸고 두 사람은 판매 수입으로 용돈을 충분히 벌었다.

무엇보다 스티브는 블루박스 판매를 통해 자신이 돈을 버는 데 탁월한 능력이 있다는 것을 알았다.

# 스무 살, 대학 졸업장 대신
# 창업을 선택하다

고등학교를 졸업한 스티브 잡스는 오리건 주에 위치한 리드 대학에 진학했다. 리드 대학은 학비가 비쌌지만 미국 북서부 지역에서 최고의 인문대학으로 두뇌가 우수하고 개성이 강한 학생들이 다니는 곳이다.

부모님은 처음에 스티브에게 다른 대학에 갈 것을 권했다. 학비가 비싸고 집에서 멀었기 때문이다. 하지만 스티브는 리드 대학이 아니면 다른 대학은 가지 않겠다고 고집을 부렸다. 어쩔 수 없이 부모님은 그동안 저축해 놓은 돈을 모두 털어 스티브를 리드 대학에 보낼 수밖에 없었다.

그러나 막상 대학에 들어가자 생각이 달라졌다. 모험심과 호기심이 강했던 스티브에게 획일적인 대학 공부는 지루하기만 했다.

'뭐야? 대학 생활이 내가 생각했던 거랑 다르잖아. 정말 따분해.'

첫 학기 성적은 부끄러울 정도로 형편없었다. 스티브는 부

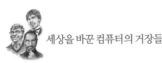

모님에게 죄송하다는 생각이 들었다.

스티브는 자신의 진로에 대해 고민하기 시작했다.

'내 인생에서 대학이 꼭 필요할까?'

'대학을 나오지 않고도 성공할 수 있지 않을까?'

어느 날 스티브는 흥미 없는 공부를 계속하며 부모님이 피 땀 흘려 모은 돈을 낭비할 수 없다는 생각이 들었다. 그래서 즉시 자신의 생각을 행동에 옮겼다.

스티브는 학교를 그만두었지만 그렇다고 캠퍼스를 완전히 떠나지는 않았다. 학교 측의 배려로 2년 동안 기숙사 빈방에 서 생활하며 자신이 듣고 싶은 수업을 골라서 들었다.

스티브는 자신에게 필요한 수업을 다 들은 후 리드 대학을 떠났다. 그리고 비디오게임 회사인 아타리에 입사했다. 스티 브가 아타리에서 근무하고 있을 때 워즈는 휴렛패커드에서 일하고 있었다. 두 사람은 자주 만나며 친하게 지냈다. 워즈 는 아타리에서 개발한 '그랜트랙'이라는 자동차 경주 게임에 푹 빠져 있어서 스티브는 밤에 워즈를 아타리로 데려와 밤새 도록 게임을 할 수 있도록 해주었다. 그러면서 자신이 하는 일에 어려운 점이 있으면 워즈에게 도움을 받곤 했다.

하루는 상사 부슈넬이 스티브에게 특별한 제안을 했다.

"현재 우리 회사는 브레이크아웃이라는 게임을 개발 중이네. 이 게임에 들어가는 집적 회로판의 개수를 50개 이하로 줄여 줄 수 있겠나? 그렇게 해준다면 1,000달러 정도의 보너스를 주겠네."

"네, 알겠어요."

스티브는 깊이 고민해 보지도 않고 흔쾌히 대답했다.

스티브는 게임에 열중하고 있는 워즈에게 말했다.

"워즈 형, 아르바이트 해보지 않을래? 식은 죽 먹기만큼 쉬운 일이야."

스티브는 집적 회로판의 개수를 줄이는 일을 워즈에게 맡겼다. 그리고 작업 후에 받는 보너스를 반반 나누기로 했다. 스티브는 워즈가 작업할 동안 간식거리를 사오는 일을 도맡았다. 브레이크아웃 설계는 이틀 안에 완성되었다.

스티브는 1,000달러의 보너스를 받았고 그 돈을 워즈와 나누어 가졌다.

1975년 1월 〈파퓰러 일렉트로닉스〉지는 최초의 소형 컴퓨터인 알테어 컴퓨터 키트를 커버 기사로 다루었다. 이 기사

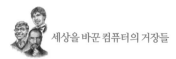

를 본 스티브의 머릿속에 섬광이 비치듯 아이디어가 하나 번뜩였다.

'그래, 바로 이거야!'

스티브는 개인용 컴퓨터를 만들어 컴퓨터 혁명의 주인공이 된 자신의 모습을 상상했다.

1975년 가을, 워즈는 자신이 개발한 인쇄회로기판을 스티브에게 보여 주었다. 그리고 겨울에는 두 번째 회로기판을 개발해 선보였다. 두 가지 다 컬러 화면을 작동시키는 회로기판이었다.

워즈가 개발한 인쇄회로기판을 보고 스티브가 탄성을 내질렀다. "정말 대단해! 형."

"그렇지 않아. 이제 시작일 뿐이야."

"아마 다들 서로 사려고 난리일 거야. 야호! 워즈 형, 이제부터 만들기만 해. 내가 알아서 팔 테니까."

그러면서 스티브는 워즈에게 함께 사업을 하자고 권유했다. 스티브는 워즈에게 컴퓨터 애호가들이 손수 부품을 조립해 컴퓨터를 만들 수 있도록 인쇄회로기판을 만들자고 했다.

워즈는 설계를 맡았고 스티브는 마케팅을 맡았다. 스티브는 제품의 차별성을 위해 자신들의 회로기판에 붙일 이름을 생각했다. 아무리 생각해도 마음에 드는 이름이 떠오르지 않았다. 그러던 어느 날 스티브는 오리건 주의 사과 농장에 다녀오면서 문득 '애플'이라는 이름이 떠올랐다. 집에 돌아온 스티브는 흥분한 어조로 워즈에게 말했다.

"워즈 형! 회사 이름 '애플' 어때?"

"그거 괜찮은데!"

애플은 전화번호부에서 아타리보다 먼저 찾을 수 있다는 강점도 있었다. 두 사람은 회사 이름을 '애플'로 결정했다.

 ## 차고에서 탄생한 애플

스티브와 워즈는 거창한 계획을 가지고 있었지만 현실은 막막했다. 적은 돈으로 회사를 시작했던 터라 경제적인 어려움이 가장 컸다. 스티브는 자신이 애지중지하던 자동차를 팔았지만 큰 도움은 되지 않았다. 그는 자신이 아끼던 HP의 공학용 전자계산기를 500달러에 팔려고 했지만 살 사람이 없어 절반 가격에 팔 수밖에 없었다. 그러나 스티브는 어떤 어

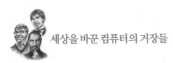

려움 속에서도 자신감을 잃지 않았다.

"워즈 형, 비록 지금은 힘들지만 앞으로 다 잘될 거야. 나만 믿어."

"그래, 스티브. 우린 잘할 수 있어."

4월의 어느 목요일, 스티브는 애플 I 이라고 이름 붙인 회로기판을 들고 아마추어 컴퓨터 모임인 홈브루 클럽에 나갔다. 스티브는 입이 아프도록 회로기판의 기능에 대해 설명했지만 홈브루 클럽 회원들의 반응은 시큰둥했다.

"회로기판이 조악하게 만들어진 것 같은데……."

"시중에 있는 것이랑 별 차이가 없어."

"좀 더 간단하면서 세련되게 만들었으면 좋았을 텐데……."

회로기판이 홈브루 클럽 회원들의 흥미를 끌지 못하자 스티브는 기운이 빠졌다. 하지만 그날 스티브가 회로기판을 열심히 설명할 때 관심을 가지고 지켜보던 사람이 있었다. 그는 컴퓨터 체인점 '바이트 숍'의 창업자 폴 테럴이었다. 폴은 스티브가 들고 있는 애플 I 에 호감을 보였다.

폴 테럴은 스티브에게 깜짝 놀랄 제안을 했다.

"스티브, 완성된 애플 회로기판을 500달러에 살 테니, 50개

를 만들어 줄 수 있겠나?"

"저, 정말요?"

스티브는 순간 자신의 귀를 의심했다. 50개를 만들면 2만 5,000달러가 생긴다는 것을 뜻했기 때문이었다.

"네, 그렇게 할게요!"

스티브는 흔쾌히 폴 테럴의 제안을 받아들였다. 이렇게 해서 애플 창업 후 첫 거래가 성사되었다.

그런데 한 가지 문제가 있었다. 주문은 받았지만 부품을 구입할 자금이 없었던 것이다.

"스티브, 어쩌지? 지금 우리가 가진 돈으로는 턱없이 모자라는데……."

워즈가 말했다.

그러자 스티브는 명랑하게 대꾸했다.

"걱정하지 마. 나한테 다 생각이 있으니까."

스티브는 필요한 부품을 우선 외상으로 구입하기로 마음먹었다. 스티브는 키럴프 일렉트로닉스라는 부품 상점을 찾아갔다. 스티브는 키럴프의 지배인에게 바이트 숍의 폴 테럴이 보낸 주문서를 내보이면서 말했다.

"죄송합니다만, 지금은 가진 돈이 없으니 외상으로 부품을 주시면 제품을 만들어서 판매한 뒤에 갚도록 하겠습니다."

스티브의 말에 지배인은 기가 막혔다. 하지만 지배인은 당돌한 스티브의 행동에 강한 인상을 받았다.

"자네의 말이 사실인지 거짓인지 직접 확인해 봐야겠어. 잠시 기다려 보게. 폴 테럴에게 전화해서 알아볼 테니."

"네, 그렇게 하세요. 제 말이 사실이라는 것을 아실 거예요."

잠시 후 폴 테럴과 통화를 마친 지배인이 밝은 표정으로 말했다.

"주문서의 내용이 사실이라는 것을 확인했네. 그래, 부품이 얼마나 필요한 건가?"

그렇게 해서 스티브는 회로기판 제작에 들어갈 부품을 전부 외상으로 구입할 수 있었다. 다만 조건이 있었는데, 30일 안에 갚는다는 것이었다.

얼마 후 스티브와 워즈는 부품 대금 지불 날짜를 맞추기 위해 밤낮없이 일했다. 그래도 시간이 촉박하자 동생과 친구 댄 코트키에게 도움을 구해 간신히 약속한 날짜 안에 주문받은 전자회로기판을 다 만들 수 있었다.

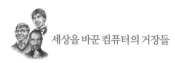

스티브는 열심히 만든 전자회로기판을 들고 바이트숍에 나타났다. 그런데 제품을 본 폴 테럴은 못마땅한 표정이었다.

"이게 뭐야? 나는 완벽한 컴퓨터를 주문했는데……. 케이스도, 전원 장치도 없잖아."

"뭐라고요?"

스티브와 폴 테럴 사이에 오해가 있었던 것이다.

'나는 회로기판이 컴퓨터라고 생각했는데, 그게 아니었구나.'

그러나 폴 테럴은 바이트 숍에서 판매할 제품이 없었던 탓에 어쩔 수 없이 스티브가 들고 온 회로기판을 구입했다. 그리고 폴 테럴은 스티브에게 약속한 금액을 지급했다. 첫 거래를 성공적으로 성사시킨 스티브와 워즈는 마치 날아갈 듯이 기뻤다.

그런데 애플 I 에 대한 시장의 반응은 예상 외로 좋았다. 애플 I 은 시중에 있는 다른 제품보다 성능이 우수했다. 사람들의 반응에 힘입어 150대의 컴퓨터를 납품하게 되었다. 그해 말 애플은 무려 10만 달러의 매출을 올렸다.

첫 거래를 성공적으로 마친 스티브는 자신감에 가득 차있었다. 그는 애플Ⅰ의 성능을 좀 더 개선한다면 분명 매출이 늘어날 것이라고 생각했다.

그 무렵 애틀랜틱시티에서 '제1회 개인용 컴퓨터 축제'가 열리고 있었다. 스티브와 워즈는 개인용 컴퓨터 시장 상황을 확인하기 위해 축제 현장을 찾아왔다. 들뜬 마음으로 애틀랜틱시티에 도착한 그들은 막상 그곳에 도착하자 자신들의 실력이 별것 아니었다는 생각에 주눅이 들었다. 축제에 참가한 컴퓨터 회사들은 저마다 막대한 자금을 퍼부어 제품과 회사 광고에 열을 올리고 있었다. 스티브는 컴퓨터를 개발하는 것도 중요하지만 개발한 컴퓨터를 소비자들에게 알리는 것도 그에 못지않게 중요하다는 것을 깨달았다.

'잘 만든 컴퓨터를 소비자들에게 알리기 위해선 반드시 광고가 필요해.'

스티브는 애틀랜틱시티에서 광고의 필요성을 실감했다. 그날 이후로 스티브는 신문이나 잡지, 텔레비전 등 언론 매체에 쏟아지는 광고를 세밀히 살폈다. 그러다가 신선하고 기발한 광고를 보게 되었다. 그 광고를 만든 회사는 반도체 회사

인 인텔의 광고를 제작해 인기를 끈 레지스 매키너 에이전시였다. 스티브는 무작정 전화를 걸었다.

"저는 애플의 스티브 잡스라고 합니다. 매키너 씨와 통화를 좀 하려고 합니다."

"죄송합니다만, 지금 매키너 씨는 미팅 중이라서요."

매키너와의 통화는 생각처럼 쉽지 않았다. 그래서 스티브는 전화로 신규 고객 담당자에게 애플에 대해 자세하게 설명했다. 하지만 돌아오는 것은 싸늘한 거절뿐이었다.

그러나 몇 번 거절당했다고 해서 포기할 스티브가 아니었다.

'처음부터 잘되는 일은 없어. 안 되는 일도 되게 하라! 이게 내 신조잖아. 그래, 될 때까지 해보는 거야.'

스티브는 하루에 한 번씩 신규 고객 담당자에게 전화를 걸어 매키너와 통화하게 해달라고 요청했다. 하지만 신규 고객 담당자는 계속 바쁘다는 핑계와 함께 거절의 메시지만 전했다.

"무조건 거절만 하지 말고 직접 애플의 성능을 확인해 보세요. 그러면 분명 생각이 달라질 테니까요."

스티브는 일주일간 집요하게 전화를 걸었다. 스티브의 전화에 신규 고객 담당자는 일을 제대로 못할 지경이었다. 결국 그는 두 손을 들고 말았다. 그렇게 해서 스티브는 매키너와 통화를 하게 되었고, 매키너는 마지못해 스티브에게 사무실로 찾아오라고 말했다. 스티브와 워즈는 들뜬 마음으로 매키너를 만나기 위해 레지스 매키너 에이전시로 향했다.

"매키너 씨, 우리는 당신의 도움이 필요합니다."

스티브는 매키너에게 도움을 요청했다. 하지만 매키너는 시간이 없다는 핑계로 거절하려고 했다. 스티브는 애플이 지금보다 더 성장하려면 반드시 매키너가 필요하다는 것을 알고 있었다. 그래서 스티브는 비장의 카드를 꺼냈다.

"매키너 씨, 당신이 애플을 고객으로 받아 줄 때까지 이 자리를 절대 떠나지 않겠습니다."

정말 스티브는 한 발자국도 떼지 않았다. 잠시 후 매키너는 난감한 표정으로 말했다.

"좋아요. 애플을 고객사로 받아들이겠습니다."

스티브의 작전은 맞아떨어졌다. 과연 유능한 광고 제작자인 매키너는 애플의 강점과 취약점에 대해 꿰뚫었다. 스티브는 매키너의 도움으로 애플이 반드시 성공할 수 있다고 확신했다.

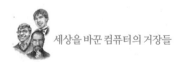

# 스물다섯 살에 세계를 뒤흔들다

스티브는 1977년 웨스트코스트 컴퓨터 박람회를 앞두고 고민에 빠졌다. 애플이라는 이름을 세상에 알려야 했기 때문이다.

'이번에는 어떤 일이 있어도 제일 좋은 자리에 애플 컴퓨터를 전시할 거야.'

스티브는 일찌감치 박람회에 등록해 좋은 자리를 차지할 수 있었다. 사람들의 눈에 가장 잘 띄는 출입구 안쪽 바로 앞자리였다. 스티브는 부스를 멋지게 꾸미기 위해 경비를 아끼지 않았다. 회사 이름과 로고가 잘 보일 수 있도록 부스를 꾸몄다. 그리고 애플 II 를 공개할 계획이었다.

박람회가 시작되자 박람회장은 관람객들로 붐볐다. 관람객들이 몰려들자 스티브는 애플 II 를 감싸고 있던 케이스를 열었다. 그러자 사람들은 처음 보는 개인용 컴퓨터의 세련되고 매끈한 외모에 그만 넋을 잃고 말았다.

"우와! 정말 대단해!"

"아, 갖고 싶다."

시간이 지나자 컴퓨터 애호가들과 전문가들, 기자들이 애플의 부스 주위로 모여들었다. 작지만 모든 기능을 갖춘 개인용 컴퓨터를 보고 입을 다물지 못했다.

특히 애플Ⅱ를 가동하자 대형 화면에 역동적인 이미지가 선명한 색채로 나타나 관람객들에게 깊은 인상을 심어 주었다. 애플Ⅱ 홍보는 대성공이었다.

박람회가 끝나자 애플Ⅱ 주문이 물밀듯이 들어왔다. 단 몇 달 만에 애플Ⅱ의 주문량은 300대를 돌파해 성공을 예감하게 했다.

당시 애플Ⅱ는 획기적인 제품이었다. 모든 사람들은 키보드로 어렵고 복잡한 명령어를 입력해야만 작동할 수 있는 컴퓨터를 사용하고 있었다. 그런데 애플Ⅱ는 명령어를 일일이 입력하지 않아도 누구나 쉽게 사용할 수 있었다. 또한 업그레이드도 간편하게 할 수 있어서 소비자들의 반응이 뜨거웠다.

스티브는 애플Ⅱ의 부족한 점들을 하나씩 개선해 나갔다. 점점 더 성능이 좋아진 애플Ⅱ는 만들기가 무섭게 팔려 나갔다. 다달이 3만 대 이상이 판매되었고 연 매출 1억 달러를 돌파했다. 불과 몇 년 전 차고에서 단 두 사람이 시작한 애플은

1,000명 이상의 직원을 둔 기업으로 변모해 있었다.

1980년 12월, 애플은 기업공개를 통해 주식을 공모했다. 그때 공개주식 460만 주가 한 시간 만에 모두 팔리는 믿기 힘든 일이 일어났다. 이뿐만 아니라 투자자들의 열광에 힘입어 애플의 주가는 처음보다 30배나 폭등했다. 주식 공모를 통해 스티브와 워즈는 억만장자가 되었다.

1980년, 애플Ⅱ의 성공으로 판매는 다시 두 배로 늘었다. 사실상 애플에게 경쟁자는 없었다. 회사가 하루가 다르게 번창하는 것에 스티브는 흡족하지 않았다.

'애플Ⅱ는 내가 아닌 워즈의 작품이야. 이제 내 손으로 가장 멋진 컴퓨터를 만들어 세상을 놀라게 해줄 테다.'

사실 스티브가 이런 생각을 하게 된 데는 회사 경영상의 문제도 있었다. 회사의 덩치가 커지자 공동투자자는 스티브에게 경영에 관한 어떤 권한도 주지 않았던 것이다.

스티브는 자신이 만든 회사에서 마음대로 할 수 없다는 것이 억울하고 못마땅했다. 그렇다고 그런 불만을 표출할 수는 없었다. 방법은 단 한 가지였다. 자신만의 컴퓨터를 개발해 회사에 자신의 존재를 알리는 것이었다.

'그래, 가장 멋진 컴퓨터를 개발해 애플의 주인이 누구인지 깨닫게 해주겠어!'

스티브는 새로운 컴퓨터 '리사'를 개발하기 위해 제록스 팔로알토 연구센터를 방문했다. 제록스 팔로알토 연구센터는 컴퓨터 관계자라면 누구나 선망하는 곳이었다. 스티브는 미국에서 컴퓨터 관련 기술을 가장 많이 보유한 이 연구소를 활용한다면 반드시 자신이 꿈꾸는 컴퓨터를 개발할 수 있다고 믿었다.

스티브는 연구센터에서 복잡하고 어려운 명령어를 입력하지 않고 마우스로 화면의 그림을 클릭해서 프로그램을 실행하는 장치를 보게 되었다. 그 순간 그는 오래지 않아 이런 장치를 사용하는 컴퓨터가 등장하리라 예상했다. 그때까지 컴퓨터 전문가들은 제록스 팔로알토 연구센터가 보유하고 있는 기술력을 활용하지 않고 있었다. 하지만 스티브는 연구센터의 기술을 자신이 구상하는 컴퓨터에 활용할 생각이었다.

제록스 팔로알토 연구센터에서 아이디어를 얻은 스티브는 새로운 컴퓨터 개발 프로젝트에 박차를 가했다.

"여러분, 우주에 영향을 미칠 만큼 정말 위대한 작품을 만들어 봅시다."

스티브의 말에 고무된 직원들은 밤낮없이 일에 매달렸다. 하지만 명령어가 아닌 마우스로 작동하는 컴퓨터를 만드는 일은 생각보다 어려웠다. 그래서 직원들은 일주일에 100시간 가까이 일에 파묻혀 지내야 했다.

직원들은 돈 때문이 아니라 세상을 바꾸기 위해 일한다고 생각했다. 그 결과 1983년 마침내 '리사'를 개발하는 데 성공했다. 하지만 가격이 비싼 데다 무게도 엄청나게 무거워 소비자들로부터 외면을 받는 처지가 되고 말았다.

야심 차게 개발했던 애플Ⅲ와 리사 프로젝트의 실패로 애플은 경제적 어려움에 처했다. 회사를 어려움에서 구하기 위해 유능한 경영자가 절실히 필요했다. 그때 스티브의 눈에 마케팅의 귀재로 알려진 펩시의 최연소 사장 존 스컬리가 들어왔다. 존 스컬리는 뛰어난 경영자이며 누구나 인정하는 마케팅 천재였다.

스티브는 존 스컬리에게 애플의 경영자로 와달라고 제안했다. 스컬리는 컴퓨터에 대해 전혀 아는 바가 없었기에 거절했다. 하지만 스티브는 끈질기게 스컬리를 설득했다.

"사장님, 기껏 설탕물이나 팔면서 인생을 낭비하실 겁니까?"

스티브의 도발적인 발언에 스컬리는 마음이 흔들렸고 마침내 애플의 경영자가 되기로 결정했다.

"네, 좋습니다. 함께 일해 봅시다."

스티브가 존 스컬리를 애플의 경영자로 스카우트한 데는 그만 한 이유가 있었다. 스컬리는 컴퓨터에 대해 잘 모르기 때문에 스컬리가 경영자가 되면 자신이 애플의 실질적인 권한을 가질 수 있다고 판단했던 것이다.

 ## 자신이 만든 회사에서 쫓겨나다

무리하게 리사 프로젝트를 진행하면서 스티브는 회사 이사진과 충돌이 잦았다. 결국 애플은 조직을 개편하면서 리사 프로젝트에서 스티브를 제외했다. 자신만의 컴퓨터를 세상에 선보이겠다는 스티브의 계획이 물거품이 된 것이다. 그러

나 스티브에게는 또 다른 길이 있었다.

스티브는 일반 사람들을 위한 작고 저렴한 컴퓨터를 개발하는 팀인 매킨토시를 재기의 발판으로 삼기로 했다. 반드시 매킨토시를 성공시켜 다시 자신의 능력을 보여 주겠다고 결심했다.

스티브는 또다시 "우리는 지금 전 우주에 영향을 미칠 위대한 컴퓨터를 만들고 있습니다!"라고 외치며 팀원들에게 열정을 불어넣었다. 스티브의 말에 사기가 높아진 팀원들은 스티브의 무리한 요구에도 불평불만을 터뜨리지 않았다.

스티브는 매킨토시 팀을 '해적단'이라고 불렀다. 매킨토시 팀원들은 실제로 건물 꼭대기에 해골 깃발을 꽂는가 하면 '해적이 되자!'라는 문구가 적힌 티셔츠를 입고 일하기도 했다. 마치 바다를 정복하는 해적처럼 위대한 컴퓨터로 세상을 정복하자는 의미였다.

스티브는 짧은 시간 안에 매킨토시를 개발하기 위해서 다른 회사와 협력할 필요가 있다고 판단했다. 그는 매킨토시에 들어갈 소프트웨어를 전문 회사에 맡기기로 했다. 그 순간 스티브의 머릿속에 떠오른 사람이 마이크로소프트의 빌 게이츠였다.

‘그래, 빌 게이츠라면 매킨토시에 들어갈 소프트웨어를 만들 수 있을 거야.’

스티브는 곧장 마이크로소프트를 찾아가 빌 게이츠와 폴 앨런을 만났다. 스티브는 두 사람에게 매킨토시에 들어갈 소프트웨어를 개발해 달라고 요청했다.

스티브는 매킨토시를 성공시켜 애플Ⅲ와 리사 프로젝트의 실패를 씻어 내고 싶었다. 매킨토시가 곧 출시된다는 소식에 사람들의 기대도 높아 갔다. 스티브 역시 "매킨토시에 회사 운명을 걸었다"며 큰 기대를 걸었다.

드디어 매킨토시가 세상에 모습을 드러냈다. 하지만 기대와는 달리 시장의 반응은 냉랭했다. 가격도 너무 비싸고 사용하기도 어려웠기 때문이다.

철썩같이 믿었던 매킨토시가 실패하자 혼란에 빠진 애플은 서서히 추락했다. 얼마 지나지 않아 매킨토시의 팀원들과 애플의 경영진들은 스티브를 원망하고 비난했다. 회사 안에서 스티브는 점점 설 곳을 잃었다. 하지만 스티브는 끝까지 자신만이 애플을 살릴 수 있다고 굳게 믿었다.

스티브는 자신이 데려온 존 스컬리를 쫓아내고 애플의 경

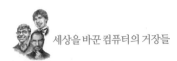

영권을 되찾기 위해 안간힘을 썼다. 하지만 스컬리는 만만하지 않았다. 스컬리 역시 스티브를 쫓아내기 위해 음모를 꾸미고 있었다.

애플의 경영진은 스컬리 편에 섰다. 그들은 스컬리에게 이제 스티브를 쫓아내고 애플을 잘 경영하라고 충고했다.

1985년 5월 28일, 스티브는 존 스컬리의 전화를 받았다.

"스티브, 곧 조직 개편을 단행하기로 했네. 그렇게 호언장담하던 매킨토시를 성공시키지 못했으니 책임을 져야 할 걸세. 물론 자네가 회사에 계속 남겠다고 한다면 말릴 생각은 없네. 하지만 앞으로 어떤 프로젝트에서도 자네는 책임자가 될 수 없을 거야."

스컬리의 말은 스티브에게 마른하늘에 날벼락이었다. 스티브는 망연자실했다.

"어떻게 이럴 수가! 이럴 수는 없어!"

10여 년 전 워즈와 함께 차고에서 시작한 애플이 존 스컬리의 손으로 넘어가는 순간이었다. 스티브는 참을 수 없이 고통스러웠다.

# 아픔을 딛고 다시 시작하기

스티브는 애플이 자신을 버렸다고 생각하지 않았다. 오히려 이제부터 진정으로 자신이 좋아하는 일을 할 때가 왔다고 생각했다.

'진짜 인생은 이제부터야.'

새롭게 시작하기로 결심한 스티브는 잠시 생각하는 시간을 가졌다. 그러면서 10년 동안 자신이 이룬 일과 자신의 적성이 무엇인지, 정말 무엇을 하고 싶은지에 대해 종이에 적어 보았다. 스티브는 애플Ⅱ와 매킨토시를 만들던 때가 가장 행복하고 즐거웠다는 것을 깨달았다.

스티브는 매일 도서관에 처박혀 새로운 관심 분야를 찾았다. 그때 생화학과 유전자 변형 기술이 눈에 들어왔다. 스티브는 아이디어가 하나 떠올랐다.

'맞아, 유전자 변형 소프트웨어로 유전자 실험을 할 수 있는 컴퓨터를 개발하는 거야.'

스티브는 애플의 매킨토시 팀의 몇몇 개발자들을 스카우트했다. 그러자 애플의 딱딱하고 권위적인 분위기를 싫어했던 몇 사람이 기다렸다는 듯이 달려왔다.

새 회사 이름은 넥스트로 지었다. 넥스트는 스티브가 애플과 세상을 향해 자신이 천재임을 입증하기 위해 만든 회사였다. 스티브는 넥스트의 로고를 만들기 위해 유명한 그래픽 디자이너 폴 랜드에게 엄청난 돈을 지불할 정도로 열정이 넘쳤다. 스티브는 대학 연구실과 과학자들이 연구에 활용할 수 있는 컴퓨터를 개발하고 싶었다.

1989년 넥스트는 많은 자금과 시간, 공을 들여 개발한 컴퓨터 '큐브'를 공개했다.

기자들은 연신 카메라 셔터를 눌러 대며 '큐브'를 찍었다. 그들은 하나같이 큐브에 후한 점수를 주었다. 하지만 결과적으로 큐브는 실패였다. 디자인은 돋보였지만 성능은 소비자들의 눈높이를 맞추지 못했기 때문이다. 그 결과 큐브는 일부 대학의 컴퓨터 학부에만 소량으로 판매되었을 뿐이었다.

그즈음 스티브는 영화 '스타워즈'의 감독 조지 루커스가 자신의 컴퓨터 그래픽 팀을 팔고자 한다는 소식을 들었다. 스티브는 협상 끝에 1000만 달러에 루커스의 컴퓨터 그래픽 팀을 인수하는 데 합의했다.

스티브는 컴퓨터 그래픽 팀에 '픽사'라는 새로운 이름을 붙였다.

스티브는 그동안 애니메이션을 제작해 왔던 픽사에게 어느 정도 독립성과 자율성을 보장해 주었다. 마흔 명 가량의 픽사 직원들은 대부분 청바지에 티셔츠를 입고 운동화 차림으로 점심 무렵에 출근했다.

픽사는 제대로 된 수익을 내지 못하면서 매년 막대한 경비를 쓰고 있었다. 시간이 지나면서 넥스트와 픽사는 경영이 어려울 정도로 돈이 부족했다. 이는 마치 밑 빠진 독에 물 붓기와 같았다. 그래서 스티브는 픽사 팀에 대대적인 구조조정을 실시했다. 이때 많은 인재들이 픽사를 떠나야 했다. 그중 앨비와 에드는 컴퓨터 그래픽 전시회인 시그라프에 출품한 단편 애니메이션 제작비 수십만 달러를 타내기 위해 고심하고 있었다.

"스티브, 애니메이션 작업은 반드시 필요합니다. 애니메이션을 활용해 우리가 개발하고 있는 소프트웨어를 사람들에게 알릴 수 있을 거예요."

"정말 그렇게 된다면 얼마나 좋을까요?"

스티브는 반신반의했다.

"그렇다면 줄거리는 나와 있겠지요? 보고 나서 결정하겠습니다."

픽사 팀원들은 최선을 다해 계획 중인 애니메이션의 줄거리를 스티브에게 선보였다.

애니메이션의 줄거리를 보고 난 스티브는 흡족한 표정을 지었다.

"생각보다 괜찮은 소재군요."

스티브는 픽사 팀에 필요한 예산을 지급했다. 이렇게 해서 단편 애니메이션 〈틴 토이〉가 완성되었다. 〈틴 토이〉는 아카데미 시상식 단편 애니메이션 부문에서 아카데미상을 수상했다. 이는 오로지 컴퓨터만으로 제작한 최초의 애니메이션 영화였다.

스티브는 〈틴 토이〉의 제작자 자격으로 아카데미 시상식 무대에 올랐다. 아카데미 시상식은 스티브에게 할리우드에서 애니메이션이 충분히 가능성 있는 장르라는 것을 깨닫게 해주었다.

픽사는 애니메이션 분야에서 성장했지만 재정 적자는 쌓여 갔다. 넥스트 역시 돈만 잡아먹는 하마가 되어 가고 있었

다. 그 무렵 디즈니는 아카데미상 수상작인 〈틴 토이〉를 통해 애니메이션의 가능성을 엿보았다. 그래서 디즈니는 픽사에 장편 애니메이션을 제작해 달라고 제안했다. 재정난에 시달리던 스티브는 두말없이 그 제안을 받아들였다.

스티브는 즉시 〈틴 토이〉의 후속작 〈토이 스토리〉 작업에 박차를 가했다. 직원들은 장편영화와 단편영화를 함께 만든다는 소식에 한껏 들떠 있었다.

그러나 디즈니 사장 카첸버그는 〈토이 스토리〉의 시나리오 초안이 마음에 들지 않았다.

"시나리오가 기대했던 것보다 흥미롭지 않군요."

픽사 직원들은 시나리오를 계속 수정해서 카첸버그에게 보여 주었다. 그때마다 카첸버그는 시나리오를 못마땅해했다. 얼마 후 카첸버그는 스티브에게 〈토이 스토리〉 제작을 중단하겠다고 통보했다.

그렇다고 쉽게 포기할 스티브가 아니었다. 스티브는 어떻게든 카첸버그가 만족할 수 있도록 시나리오를 수정했다. 그렇게 해서 결국 디즈니에게 〈토이 스토리〉 제작비 지원을 받을 수 있었다.

드디어 1995년 크리스마스를 앞두고 〈토이 스토리〉가 개봉되었다. 부모들은 아이를 데리고 극장가를 찾았다. 〈토이 스토리〉를 본 사람들은 아이 어른 할 것 없이 감탄사를 연발했다.

"우와! 이렇게 생생한 애니메이션은 난생 처음이야."

"정말 대단해. 한 번 더 보고 싶어."

〈토이 스토리〉는 미국뿐 아니라 전 세계에서 폭발적인 반응을 얻었다. 대 흥행이었다. 아이들은 〈토이 스토리〉에 나오는 장난감에 열광했다.

스티브는 '토이 스토리'의 성공에 힘입어 다시 한 번 억만장자의 반열에 올랐다.

##  화려한 복귀, 연봉 1달러 CEO

〈토이 스토리〉의 성공에도 불구하고 컴퓨터 회사인 넥스트는 성공적이지 못했고 갈수록 경영난이 심해졌다. 스티브는 회사 이름을 '넥스트 소프트웨어'로 바꾸었다. 그리고 독

자적인 운영체제인 넥스트스텝을 주력 상품으로 내세워 홍보했다. 이 전략이 맞았는지 1994년에서야 최초로 수익을 올렸다.

넥스트 소프트웨어가 조금씩 회생하고 있을 무렵 스티브를 쫓아낸 애플은 1년에 무려 10억 달러의 적자를 내고 있었다. 애플은 파산을 피하기 위해 백방으로 노력했지만 길이 보이지 않았다. 그때 애플의 경쟁사인 마이크로소프트는 윈도우95를 출시해 좋은 반응을 얻고 있었다. 애플이 살아남을 수 있는 길은 단 한 가지뿐이었다. 윈도우95보다 더 나은 소프트웨어를 개발해 마이크로소프트와 경쟁하는 것이었다.

그러나 생각처럼 쉽지 않았다. 고민 끝에 애플은 직접 운영체제를 개발하는 대신 다른 회사의 운영체제를 구입하기로 결정했다. 그때 마침 애플의 눈에 넥스트 소프트웨어의 넥스트스텝이 띄었다. 자신을 내쫓은 애플이 다시 자신을 필요로 한다는 사실에 스티브는 기분이 묘했다.

'사적인 감정에 치우쳐선 안 돼. 지금 위기에 처한 애플을 도와야 해.'

스티브는 어떻게든 어려움에 처한 애플을 돕고 싶었다. 스티브는 애플의 임원진들과 만난 자리에서 경영자 질 아멜리오에게 말했다.

"넥스트는 애플에 도움을 주고 싶습니다. 소프트웨어를 사는 것보다 넥스트와 직원들을 모두 데려가는 것이 훨씬 이득이 될 것 같습니다."

스티브의 말에 질 아멜리오와 애플의 임원진들은 삼시 술렁였다. 잠시 후 아멜리오가 입을 열었다.

"좋습니다. 우리가 넥스트를 사겠습니다. 얼마면 되겠습니까?"

그 순간 스티브는 가슴이 터질 듯한 감정에 휩싸였다. 자신이 만든 회사에서 쫓겨난 지 10년 만에 다시 복귀하게 되었기 때문이다.

스티브는 넥스트 소프트웨어를 애플에 매각하면서 화려하게 애플로 복귀했다.

스티브는 자신이 어려움에 처한 애플을 돕기 위해 돌아왔다는 것을 명확히 하고 싶었다. 그래서 연봉으로 고작 1달러만 받기로 했다. 그리고 자신의 직함 CEO 앞에 '임시'라는 말을 붙였다.

애플의 경영자로 복귀한 스티브는 눈앞이 캄캄했다. 애플 직원들에게는 열정이 없었다. 스티브는 직원들에게 열정을 불어넣기 위해 가장 먼저 즐겁게 일할 수 있는 환경을 조성했다.

스티브는 소비자들에게 사랑받는 제품을 만들고자 했다. 그동안 스티브는 많은 실패를 통해 성능만큼 디자인도 중요하다는 것을 알게 되었다. 스티브는 애플이 망해 가는 회사가 아니라 새롭게 도약하고 있는 회사라는 것을 부각시키기 위해 천문학적인 돈을 광고비로 지출했다.

스티브는 애플 혼자 힘으로는 적자를 흑자로 돌리기에 무리라는 생각이 들었다. 그래서 1997년 스티브는 마이크로소프트와 손을 잡기로 결정했다. 한때 적이자 경쟁자였던 마이크로소프트와 제휴하지 않고서는 회사를 되살릴 수 없었기 때문이었다. 그렇게 해서 애플은 마이크로소프트에게서 1억 5000만 달러를 투자 받았다.

1998년 1월, 샌프란시스코에서 열린 맥월드 엑스포에서 스티브는 기조연설을 펼쳤다. 연설을 마치고 돌아서던 그는 마치 잊어버린 것이 있다는 듯이 말했다.

"참, 깜빡할 뻔 했군요……."

청중들은 숨죽여 스티브가 무슨 말을 할지 기다렸다.

"애플은 이제 흑자로 돌아섰답니다."

청중은 일제히 환호했다. 스티브가 애플로 돌아온 지 불과 몇 달 만에 이룬 성과였다. 그리고 애플은 스티브가 복귀한 후 2년 반 동안 약 세 배 정도 성장했다.

이때 이사회는 고마움의 표시로 스티브에게 두 가지 깜짝 선물을 마련했다. 애플 주식 1000만 주와 개인전용 제트비행기였다. 처음에 스티브는 거절했지만 이사회가 간곡하게 설득해서 기쁘게 그 선물을 받았다.

 ## 컴퓨터, 영화, 음악 산업의 아이콘이 되다

여전히 스티브는 세상을 놀라게 할 컴퓨터를 개발하고 싶은 욕심이 있었다. 그는 뛰어난 성능과 파격적인 디자인으로 소비자들을 사로잡고 싶었다. 그때 스티브의 눈에 다시 매킨토시가 들어왔다.

'그래, 매킨토시에다 인터넷 기능을 강화하는 거야.'

스티브는 매킨토시에 인터넷 기능을 접목시킨 제품을 개발해 '아이맥'이라는 이름을 붙였다. 아이맥에는 소비자들을 유혹할 만한 특징이 있었다. 플로피 디스크 대신 CD롬 디스크를 장착한 것이다.

아이맥은 1998년 5월 출시되자마자 폭발적인 반응을 얻었다. 출시된 첫 주에만 25만 대 이상이 팔려 나갔다. 아이맥이 나온 지 1년이 갓 지났을 때 200만 대 이상이 팔렸다. 컴퓨터를 구입하는 사람들의 대부분이 아이맥을 선택했다. 아이맥은 컴퓨터의 대명사가 된 것이다.

스티브는 아이맥의 성공에 안주하지 않았다. 다시 새로운 아이템을 찾기 위해 애썼다. 그리고 음악 시장에 진출하기로 결정했다.

당시 미국에서는 많은 사람들이 음원을 정당하게 구입하지 않고 불법으로 다운로드하고 있었다. 더군다나 그 당시에는 인터넷에서 음악을 다운로드하기가 무척 불편했다. 곡의 수가 많지 않았고 다운로드 속도도 느린 데다 종종 먹통이 되었다.

2001년 애플은 음악의 혁명을 불러일으킨 '아이튠즈'를 개발했다. 아이튠즈는 CD에서 노래를 복사해 컴퓨터에서 들을 수 있는 소프트웨어다. 그리고 곧이어 애플은 MP3 플레이어인 아이팟을 출시했다. 호주머니에 쏙 들어가는 크기의 아이팟은 사용 방법이 간단했고 1,000개의 곡을 저장할 수 있었다. 아이팟은 출시되자 폭발적인 인기를 끌었다. 사람들은 작은 크기에 세련된 디자인, 풍부하고 선명한 음색에 후한 점수를 주었다.

아이팟이 크게 성공하자 스티브는 음악 파일의 불법 다운로드를 막는 시스템과 함께 소비자들이 온라인으로 음악을 쉽게 구매할 수 있는 온라인 음악 매장을 만들기로 마음먹었다.

그리고 2003년 4월 28일 아이튠즈 뮤직 스토어를 오픈했다. 한 곡당 단돈 99센트에 팔았는데 대성공이었다. 미국의 시사주간지 〈타임〉 지는 아이튠즈 뮤직 스토어를 '2003년 최고의 발명품'이라며 찬사를 아끼지 않았다.

MP3플레이어 '아이팟'과 디지털 음악 서비스 '아이튠즈'의 대성공은 그의 업적 중에 가장 빛나는 업적이라고 할 수 있다. 우리나라에서도 엄청난 인기를 얻고 있는 스마트폰인 아

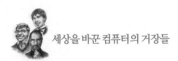

이폰도 스티브 잡스의 작품이다. 새로운 영역에서의 대성공은 그를 창의력의 귀재로, 최고의 경영자로 만들어 주었다. 스티브는 마침내 실리콘밸리와 할리우드를 동시에 지배하는 컴퓨터계의 제왕으로 우뚝 서게 되었다.

멈출 줄 모르는 도전자. 그는 또다시 아이패드를 출시해 PC시장의 혁명을 예고하고 있다. 미래를 향한 스티브 잡스의 창조 정신과 포기하지 않는 도전 정신은 컴퓨터, 영화, 음악계의 빛나는 별이 되었다.

# How?
## 스티브 잡스의 4가지 성공 비결

### 1. 창의성을 키워라

　컴퓨터, 영화, 음악 산업의 제왕이 된 스티브 잡스. 스티브의 성공 비결 중 가장 중요한 것은 창의성이다.

　전 세계의 음악 시장을 바꾸어 놓은 MP3 플레이어 아이팟과 아이튠즈 뮤직 스토어는 스티브의 뛰어난 창의성을 잘 보여 준다. 또한 스티브가 개발한 아이폰은 전 세계 휴대폰 사용자들에게 뜨거운 반응을 얻으며 스마트폰 열풍을 선도하고 있다. 스티브는 여기서 그치지 않았고 완전히 새로운 컴퓨터인 아이패드를 선보여 또다시 세계를 깜짝 놀라게 했다.

　스티브가 끊임없이 세상의 이목을 집중시키는 이유는 바로

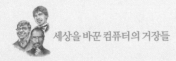

아무도 생각해 내지 못하는 것을 꿈꾸고 상상했기 때문이다.

## 2. 도전해야 성공한다

스티브 잡스는 스무 살의 나이에 스티브 워즈니악과 함께 1,000달러로 차고에서 애플을 창업했다. 어린 나이에 회사를 만든 만큼 어려움도 많았을 것이다. 하지만 스티브는 강인한 도전 정신으로 수많은 시련과 맞서 싸웠다. 스티브는 '바이트 숍'의 창업자 폴 테럴에게 컴퓨터를 주문받았지만 부품을 살 돈이 없어 어려움에 처하기도 했다. 하지만 스티브는 좌절하거나 절망하지 않고 기지를 발휘해 위기를 기회로 바꾸었다.

성공은 도전하는 사람의 것이다. 현실에 만족하는 사람은 앞서 간 사람들이 남겨 놓은 부스러기만 줍게 된다. 꼭 이루고 싶거나 하고 싶은 일이 있다면 도전해 보자. 도전하다 보면 처음에 어렵게 여겨졌던 일도 생각보다 쉽다는 것을 깨닫게 된다.

## 3. 용기로 두려움을 물리쳐라

스티브 잡스는 자신이 원해서 들어간 리드 대학을 중도에 그만두게 된다. 이때 스티브에게 용기가 필요했을 것이다. 스티브가 걸어온 인생 여정을 살펴보면 거의 모든 일들이 용기가 필요했던 일이었다. 스티브와 마찬가지로 성공한 사람들은 모두 용기 있는 사람들이다. 물론 그들도 우리처럼 두려워하기도 하고 불안에 떨기도 한다. 하지만 그들은 강한 용기로 두려움과 불안을 극복한다.

어떤 일을 처음 시작할 때 두렵기도 할 것이다. 그때 두려움보다 더 강한 용기를 가져 보자.


## 4. 실패에 굴복하지 말라

스티브 잡스는 자신이 만든 회사에서 쫓겨나는 아픔을 겪었다. 훗날 그는 당시의 일을 이렇게 회상했다.

"그때는 몰랐지만 애플에서 해고당한 것은 내 인생 최고의 행운이었다. 애플에서 나온 후 성공에 대한 중압감에서 벗어나 가볍게 다시 시작할 수 있었기 때문이다. 그 시기는 내 인생에서 가장 창조적인 시기였다."

스티브의 말에서 좌절이나 절망감은 찾아볼 수 없다. 오히려 실패했을 때 '다시 시작하는 자세'를 엿볼 수 있다. 스티브 잡스가 컴퓨터·영화·음악 산업의 제왕이 될 수 있었던 것은 실패에 굴복하지 않고 끊임없이 노력하는 자세 덕분이었다.

# '구글'의
# 래리 페이지—

모든 상상을 현실로 만든 천재,
직장을 놀이터로 만들다

# Google™

STORY • THREE

## 컴퓨터는 나의 장난감

"이게…… 뭐냐?"

선생님은 래리가 제출한 숙제를 보고 할 말을 잃었다. 다른 아이들과 전혀 다른 글씨체는 처음 보다시피 했기 때문이다.

"지난번에 내주신 숙제예요. 제가 직접 컴퓨터에 입력해서 도트 프린터로 뽑은 거예요."

래리는 환하게 웃으며 선생님에게 대답했다. 해맑게 웃고 있는 래리와 달리 선생님의 표정은 더욱 어두워졌다.

"도, 도 뭐라고? 도대체 무슨 소리인지 모르겠네. 뭐, 어쨌든 너는 숙제를 참 특이하게 했구나."

선생님은 머쓱해 하며 래리의 숙제를 살펴보았다.

1973년 미국에서 태어난 래리는 아버지도 컴퓨터공학 교수였고 어머니도 대학에서 컴퓨터 프로그래밍을 가르치는 강사였다. 부모의 영향으로 래리는 어렸을 때부터 컴퓨터와 가까이 지낼 수 있었다.

"종이 책은 시시해. 이렇게 컴퓨터로 읽는 게 더 재미있어."

6살 때《개구리와 두꺼비가 함께》라는 동화책을 컴퓨터에

 세상을 바꾼 컴퓨터의 거장들

한 글자씩 입력해 그것을 읽을 정도로 컴퓨터는 래리에게 친구이자 좋은 장난감이었다.

래리의 꿈은 발명가였다. 12살 때 니콜라 테슬라의 전기를 읽고 래리는 무척 설레었다. 니콜라는 무선통신과 태양전지, 그리고 지금 모든 가정에서 쓰이고 있는 교류 전기 시스템과 리모컨 등을 최초로 발명한 사람이다. 이 발명으로 그는 특허권을 신청해 엄청난 부자가 될 수도 있었다. 그러나 많은 사람들이 교류 전기를 쓸 수 있도록 특허권을 과감히 포기했다. 평생 가난하게 살았던 테슬러가 만약 특허권을 유지했다면 아마 대대손손 엄청난 부자가 됐을 것이다.

"아니, 이렇게 훌륭한 사람을 사람들이 왜 모르지? 에디슨은 다 알면서 말이야. 이렇게 대단한 일을 한 니콜라를 아는 사람이 별로 없다는 걸 믿을 수 없어. 이렇게 대단한 발명가가 가난해서 연구비를 마련하기 위해 평생 안간힘을 써야 했다니……."

래리는 니콜라를 존경했지만 니콜라처럼 가난하게 살지는 않겠다고 생각했다. 연구실에 틀어박혀 혼자서 애를 쓰는 발명이 아닌 세상 사람들이 모두 즐겁게 사용할 수 있는 무언가를 만들고 싶었다.

또한 래리는 어려서부터 사물을 암기하기보다는 원리를 이해하는 사고방식을 키우며, 끊임없이 질문하고 여러 사람들과 의견을 나누고 논의했다. 그래서인지 래리에게 토론은 즐거운 놀이였다. 래리의 부모는 다양한 주제로 래리와 토론을 벌였다. 사색을 즐기고 조용한 성격이었지만 토론을 할 때면 적극적으로 토론에 동참했다. 토론할 때의 래리는 마치 딴사람 같았다.

래리는 미시건 대학에 입학했다. 전공은 당연히 컴퓨터공학과였다. 래리는 전국 전기공학·컴퓨터공학 우등생 모임인 '에타카파누'의 회장을 지내며 우수한 성적으로 졸업했다. 한편으로 대학의 개인 계발 프로그램인 지도자 양성 프로그램에서 리더십 기술을 갈고 닦았다.

미시건 대학에서 석사학위까지 마친 래리는 스탠퍼드 대학에서 박사 공부를 하게 되었다. 막상 새로운 환경에 적응해야 한다고 생각하니 내성적인 래리는 조금 부담스러웠다.

"으, 지금까지 미시건에서만 살았는데 스탠퍼드가 있는 캘리포니아에 가서 잘할 수 있을까? 어쩌면 가자마자 다시 버스를 타고 집으로 돌아와야 할지도 몰라. 그래도 너희들 나를 놀리면 안 돼.”

래리는 친구들에게 투덜거리며 스탠퍼드 대학으로 가는 버스에 올라탔다.

처음으로 집에서 멀리 떨어져 생활하게 된 래리는 신입생을 위한 오리엔테이션에서 한 청년을 만났다.

“안녕, 네가 미시건 대학에서 온 래리 페이지니? 나는 세르게이 브린이야. 스탠퍼드에 온 것을 환영해. 내가 우리 학교를 안내해 줄게. 아마 내가 안내해 주면 우리 학교 매력에 푹 빠져 버릴 걸? 궁금한 거 있으면 물어 봐. 기타 등등 뭐든 좋아.”

세르게이는 환하게 웃으며 말했다. 래리는 그런 세르게이가 오히려 부담스러웠다.

‘뭐야, 이 녀석. 나를 언제 봤다고 이래? 자기가 선배라 이건가?’

래리가 별다른 반응을 보이지 않자 세르게이도 조금 머쓱해졌다.

‘친절하게 대했으면 적어도 미소는 보여야지. 누구는 시간이 남아서 이러고 있는 줄 아나.’

래리와 세르게이는 서로에 대한 첫인상이 그다지 좋지 않았다.

그렇게 대학원에 입학해 두 번째 학기를 맞이했을 때였다. 래리에게 하늘이 무너지는 소식이 들려왔다.

"래리, 놀라지 마라. 아버지가……."

소아마비를 앓았던 아버지가 58세에 폐렴 합병증으로 세상을 떠난 것이다.

'아버지는 내게 등대와 같은 분이셨어. 내 인생의 큰 빛이 사라졌구나.'

하지만 그 자리를 채워 준 친구가 있었다. 바로 세르게이 브린이다.

 ## 두 천재의 만남

세르게이는 1973년 러시아 모스크바에서 태어났다. 유대인인 가족을 따라 6살 때 미국으로 이민 왔다. 아버지는 경제학자로 대학에서 수학을 가르쳤고, 어머니는 나사 우주비행

센터에서 일했다. 래리와 마찬가지로 어렸을 때부터 컴퓨터와 가까이 지낸 세르게이는 9살 때 아버지에게 '코모도어 64' 컴퓨터를 선물 받고 컴퓨터를 좋은 친구로 삼았다.

중학교 시절에는 수학 신동으로 인정받았으며, 메릴랜드 대학에 입학해서 수학과 컴퓨터공학에서 뛰어난 성적으로 학사 학위를 받았다. 컴퓨터공학을 공부한다는 조건으로 과학재단에서 장학금을 받고 스탠퍼드에 입학했다.

수학 신동답게 세르게이는 컴퓨터공학과 건물의 방 호수를 매기는 것부터 독특했다.

"재미없어, 재미없어. 조금만 수학적으로 생각하면 잘 정리할 수 있을 텐데 왜 생활에 수학을 응용하지 못하는 거야."

세르게이는 방 호수를 지금까지 아무런 의미 없이 4자리 번호를 나열했던 것을 지우고 3자리 숫자를 사용했다. 맨 앞자리는 층을 나타내고 두 번째 자리는 그 방까지의 거리를, 그리고 세 번째 자리는 짝수는 바깥쪽을, 홀수는 안쪽을 나타내도록 건물 주위를 빙 둘러 번호를 매겼다.

이처럼 모든 일에 적극적인 세르게이였지만 래리는 처음부터 세르게이를 좋아하지는 않았다.

'세르게이, 그만 좀 설치고 다니지. 뭐가 좋아서 만날 애들하고 몰려다니는 거야. 그리고 말끝마다 기타 등등, 기타 등등. 정말 맘에 드는 구석이 하나도 없다니까.'

세르게이 역시 래리에게 호감을 느끼지 못했다.

'래리 저 녀석, 저렇게 꽁하고 혼자 있으니 늘 외톨이지.'

래리와 세르게이의 성격은 정반대였다. 세르게이는 외향적이고 활동적인데 반해 래리는 내성적이고 조용했다. 그런 두 사람이 서로에게 관심을 갖게 된 것은 토론이었다.

래리와 세르게이는 다른 것은 몰라도 토론을 할 때에는 서로 지지 않으려고 했다. 그러면서 서로 다른 친구들이나 선후배와는 다른 라이벌 의식을 느끼기 시작했다.

"글쎄. 그건 내 생각하고 조금 다른데. 네가 잘못 생각하고 있는 거 같아."

"잘못 생각하고 있다고? 잘못 생각하고 있는 건 너야. 어떻게 그런 논리를 가질 수 있는지 정말 놀랍다."

보다 못한 친구들이 옆에서 말렸다.

"이봐, 이봐. 적당히 좀 하라구. 흥분 좀 가라앉혀."

그러면 두 사람은 오히려 친구를 이상하게 쳐다보았다.

"누가 흥분을 한다고 그래."

"그러게 말이야. 지금 한창 재미있는데 너 때문에 흥이 깨졌잖아. 래리, 우리 저쪽으로 가서 다시 이야기해 보자."

그렇게 토론은 두 사람에게 놀이와 같은 즐거움이었다. 두 사람은 몇 시간이고 토론하는 것을 즐겼다.

토론의 주제는 다양했다. 사회, 정치, 경제, 문화, 과학 등. 두 사람은 끊임없이 대화하고 논의했다. 그 수준이 어찌나 높았던지 같은 대학원생들이 소외감을 느낄 정도였다.

"래리와 세르게이가 또 시작이군. 난 도서관이나 가련다."

"아, 정말. 시끄럽기도 하고 부럽기도 하고. 에이, 음악이나 듣자!"

친구들은 래리와 세르게이가 토론을 벌이면 그 방을 조용히 나가거나 헤드폰으로 음악을 들으면서 그들 대화에 끼지 않으려 했다.

두 사람은 스탠퍼드에서 처음 만났지만 서로 공통점이 많다는 걸 알게 되었다.

"나는 러시아에서 어렸을 때 이민 왔어. 그래도 유대인 단체의 도움으로 부모님이 컴퓨터에 관련된 직장을 구하실 수 있었지."

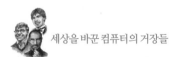
세상을 바꾼 컴퓨터의 거장들

세르게이 말에 래리가 놀라서 물었다.

"어? 너 유대인이야? 나도 유대인이야."

세르게이도 깜짝 놀랐다. 게다가 래리 부모님도 컴퓨터에 관한 일을 하고 어려서부터 컴퓨터와 친구처럼 지냈던 가정 환경이 자신과 몹시 비슷했다.

"아, 역시. 어쩐지. 그래서 그렇게 잘 통한 거였구나."

"그러게. 비슷한 환경에서 비슷한 교육을 받았으니 말이야."

어느 새 두 사람은 스탠퍼드 최고의 콤비가 되었으며 서로를 절친한 친구 이상의 파트너로 여기게 되었다.

두 사람이 공부하던 연구실은 마이크로소프트사의 빌 게이츠가 기부한 돈으로 세운 '윌리엄 게이츠 컴퓨터공학관'이었다. '애플'에 스티브 잡스와 스티브 워즈니악이 있고, '마이크로소프트사'에 빌 게이츠와 폴 앨런이 있었다면, 당시 스탠퍼드에는 래리 페이지와 세르게이 브린이 있었다. 두 사람은 스탠퍼드에서 유명한 콤비가 되었다.

대부분의 대학원들처럼 스탠퍼드 대학도 조를 짜서 프로젝트를 진행하고 있었다. 세르게이는 영화 등급을 매기는 프로그램을 개발하고 있었다.

"래리, 너는 무엇을 할 거야?"

"응. 새로운 인터넷 검색 엔진을 개발하려고."

"검색 엔진? 그건 지금도 있잖아 야후나 알타비스타 기타 등등."

세르게이는 조금 의아한 듯 래리에게 말했다.

"그런 검색 엔진은 별로야. 검색 창에 특정 단어를 입력하면 그 단어를 포함한 수천 개의 웹 사이트들이 그야말로 두서없이 뜨고 말이야. 예를 들면 운동화를 검색하는 사람들은 운동화를 사려는 사람이잖아. 운동화에 대한 전문 지식을 찾는 사람은 별로 없을 걸. 나이키나 아디다스 그런 제품을 찾는 거지. 그런데 막상 나이키나 아디다스 홈페이지에는 운동화라는 단어가 별로 없어. 나는 검색자가 원하는 결과를 바로 얻을 수 있는 새로운 검색 방식을 만들 생각이야."

래리의 말에 세르게이는 고개를 끄덕였다.

인터넷이 실용화되기 시작한 1990년대 초반에는 검색 엔진이 여러 개 있었지만 다들 고만고만했다. 그때 '야후'의 등장은 대단했다. 스탠퍼드 대학 대학원생이었던 제리 양과 데이비드 필로가 주제별 검색 서비스 개발에 눈을 돌린 것이다.

대소문자 구분을 못했지만 검색 기능이 단순해서 만족도는 높았다. 하지만 검색 결과가 포괄적이지 못하고 인터넷의 빠른 성장 속도를 쫓아가지 못했다.

'알타비스타'는 조금 나은 편이었다. 데이터를 열거하는 방식이 아닌 '링크'라는 새로운 기술을 개발해 정보를 제공했다. 래리는 야후보다는 알타비스타를 즐겨 썼다. 알타비스타는 웹 페이지를 찾아내는 양이 많았고 정확성과 속도까지 뛰어났기 때문이다.

"링크를 걸면 인터넷 특유의 역동성을 살릴 수 있는 장점이 있지만 이 기술 역시 결과는 만족스럽지 않아. 최고의 검색 결과를 얻어 낼 수 있는 방법이 뭔가 있을 텐데."

래리는 링크에 주목하면서 그 이상의 무언가를 꿈꿨다.

그러던 어느 날이었다. 래리는 세르게이와 함께 자신의 프로젝트에 대해 이야기를 나누고 있었다.

"링크가 많이 걸린 웹사이트는 그만큼 검색자가 만족할 만한 결과를 얻었기 때문이야. 마치 훌륭한 논문일수록 다른 논문에서 인용되는 횟수가 많은 것처럼. 그거야, 논문!"

"어?"

래리는 갑자기 흥분해서 말을 이었다.

"논문 말이야. 보통 논문은 다른 논문을 인용해서 쓰잖아. 좋은 논문일수록 다른 논문에서 많이 인용하고 말이야. 노벨 상을 받을 정도로 가치 있는 논문은 평균적으로 1만 개 이상 의 다른 논문을 참고하고 인용한대."

"그렇지."

세르게이는 래리 말에 고개를 끄덕였다.

"웹의 링크도 마찬가지야. 좋은 논문일수록 다른 논문을 많 이 인용하듯 좋은 웹 페이지일수록 링크가 많이 걸려 있어. 링크가 많이 걸려 있을수록 중요한 정보를 포함할 가능성이 높아지잖아. 검색을 하면 좋은 정보를 얻기 위해 여러 사이트 를 돌아다니는데 정보가 많이 든 사이트를 한 번에 찾아 주 면 당연히 최고의 결과를 얻을 수 있겠지."

세르게이는 래리의 프로젝트에 그만 푹 빠져 버리고 말았다.

"맞아. 래리, 이거 정말 재미있겠다. 나도 같이 해도 될까?"

"당연하지. 그렇지 않아도 골치 아팠는데 수학 신동의 힘 좀 빌려 볼까?"

그렇게 래리와 세르게이는 새로운 검색 엔진 개발을 함께

세상을 바꾼 컴퓨터의 거장들

하게 되었다.

두 사람은 하나의 사이트가 다른 사이트로 연결되는 것을 조사하여 그 웹 페이지가 다른 사이트에 얼마나 많이 링크되었는지 되짚어 알아낸 후 랭킹을 매기는 작업에 착수했다. 래리는 이 프로젝트의 이름을 웹 사이트의 링크를 '역으로 추적한다'는 뜻인 백럽BackRub 이라고 지었다. 구글 최초의 검색 엔진이었다.

 ## 검색만을 위한 검색 엔진 탄생

"바보야! 철자가 틀렸잖아."
"어? 정말?"

래리와 세르게이는 검색 사이트 이름으로 백럽을 그대로 사용하기 싫었다.
"검색 사이트 이름은 사람들이 쉽게 기억할 수 있어야 하지 않아?"

"맞아. 백럽은 너무 멋이 없고 외우기도 어려워. 그리고 검색이 정확하다 하더라도 이름이 생각나지 않으면 소용없잖아."

"뭐 괜찮은 이름 없을까."

그때 래리의 머리에 떠오르는 단어가 있었다. 고등학교 때 처음으로 접했던 단어 '구골'이었다. 구골은 미국의 수학자 에드워드 캐스너가 만든 단어로 10의 100승, 즉 무한의 수를 뜻한다. 래리는 자신이 개발한 검색 엔진으로 세계 모든 웹 페이지를 검색하고 싶어 무한의 수를 떠올렸다.

그런데 같이 작업을 하던 세르게이가 구골을 그만 구글이라고 써버린 것이다.

"구글google 이 아니라 구골googol 이라고."

래리는 세르게이에게 오타를 냈다고 투덜댔다.

"구골보다는 그래도 구글이 더 부드러운 거 같은데?"

"정말 그렇네. 나도 구글이 더 마음에 든다."

인터넷 검색 서비스의 이름을 고민하던 래리와 세르게이를 비롯한 친구들은 검색 사이트의 이름을 '구글'로 정하기로 했다. 사실 '구골닷컴'은 이미 다른 사람이 인터넷 주소로 등록했기 때문에 사용할 수도 없었다.

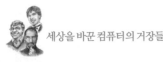

"그러면 이제 로고를 만들어야 하는데. 로고 만드는 데 비용이 얼마나 들까?"

"돈이 어디 있어. 그냥 어떻게든 우리끼리 해보자."

래리는 백럽의 로고도 돈을 아끼기 위해 자신의 손을 스캔해서 만들었다. 이번에도 무료 소프트웨어를 사용해 직접 로고를 디자인했다.

1997년 9월 15일 마침내 '구글'이 탄생했다. 스탠퍼드 대학의 도메인을 사용했기 때문에 접속 주소는 www.google.stanford.edu였다.

처음 구글은 스탠퍼드 대학의 교수와 학생, 직원들이 이용했지만 그 명성이 캠퍼스 밖에까지 퍼져나갔다.

"스탠퍼드 대학원에서 박사 학위를 준비하는 학생들이 만든 사이트래. 좀 촌스러워 보이기는 하지만 군더더기도 없고 검색 하나는 정말 최고더라구."

그렇게 구글 이용자가 늘어나자 래리와 세르게이의 컴퓨터만으로는 감당하기 힘들 정도였다.

"돈만 있다면 좋은 대형 컴퓨터를 사면 될 텐데, 돈이 없으니."

"돈 없이 할 수 있는 방법을 찾으면 되잖아."

래리와 세르게이는 일반 개인용 컴퓨터로 서버를 구축하는 대신 효율적으로 분산 처리하는 시스템을 만들었다.

"많은 양의 데이터를 빠르게 처리하려면 대형 서버가 필요하지만, 속도는 대형 서버보다 PC에 연결하는 것이 더 빨라. 시스템에 오류가 나면 수리하기 쉽고 수정도 편하고."

"맞아. 대형 서버에서 고장이라도 나면 속수무책이지만, 이렇게 컴퓨터로 연결해 두면 컴퓨터 한 대가 고장 나도 전체 시스템은 고장 나지 않으니까. 고장 난 컴퓨터와는 상관없이 검색어 처리 작업은 계속되니까 말이야."

두 사람은 컴퓨터에 CPU와 메인 보드와 같은 핵심 부품만 있으면 인터넷 서버를 구축할 수 있도록 했다. 그러려면 더 많은 컴퓨터가 필요했다.

"으, 컴퓨터가 필요해, 컴퓨터가!"

"나가자. 나가서 중고나 컴퓨터 부품이라도 찾아 보자."

래리와 세르게이는 학교 실험실에 방치돼 있던 PC 부품을 구걸하다시피 얻어 와 기숙사 방 안에서 하나씩 조립했다. 래리는 케이스를 레고로 조립하기도 했다.

캠퍼스 이곳저곳을 기웃하며 부품들을 재활용하다 보니

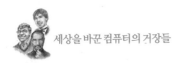

연구실은 갖가지 하드웨어와 케이블로 지저분해졌다.

"으아! 누울 수도 없겠어."

래리의 기숙사 방이 컴퓨터와 각종 장비로 꽉 차자 세르게이의 기숙사 방이 사무실 겸 개발실로 쓰이게 되었다.

 ## 실패가 만들어낸 새로운 기회

구글에 하루 접속 횟수가 1만 건을 넘어가자 스탠퍼드 대학의 회선을 이용하기가 힘들어졌다.

"래리와 세르게이, 자네들의 구글인지 구골인지가 우리 대학의 네트워크 회선을 너무 많이 잡아먹고 있어. 이거, 해결 좀 해줘야 하겠는데."

구글이 학교 전체의 네트워크를 마비시킬 정도에 이르자 학교 관계자들의 볼멘 소리가 들렸다. 래리와 세르게이도 기숙사 방에서 구글 서비스를 계속하는 데 한계를 느꼈다.

"이건 단순히 대학원 프로젝트로 삼기에는 너무 크지 않아?"

"내 생각도 그래. 내가 존경하는 니콜라는 평생 연구비를 마련하기 위해 안간힘을 썼지. 그렇게 뛰어난 사람이 부와 명성을 얻지 못했다는 게 놀라워. 나는 그렇게 되고 싶지 않아. 우리, 구글을 팔자."

래리는 구글을 유명 포털 사이트에 팔기로 결정했다.

1998년, 두 사람은 알타비스타의 핵심 개발자를 만났다. 개발자에게 정성을 다해 설명하고, 설명을 들은 개발자도 꽤 만족해했다.

"오, 괜찮군요. 생각 좀 해볼게요."

하지만 결국 이 협상은 깨지고 말았다.

"글쎄요. 저희가 핵심 기술을 외부에 의존한다는 것은 좀……. 게다가 검색 엔진이 없는 것도 아니고 말이죠."

알타비스타뿐만 아니었다. 다른 검색 사이트들도 페이지 링크에 별 흥미를 보이지 않았다.

"검색보다는 커뮤니티나 뉴스에 신경 쓰는 게 어떨까요. 그게 수입을 올리기에도 좋을텐데……."

상대방의 말이 틀린 것도 아니었다. 검색 엔진은 이미 37개나 있었다. 포화 상태였다. 게다가 큰 기업에서도 검색 엔진을 개발해 사용하고 있었기에 대학원생들이 개발한 검색

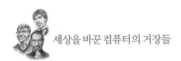

엔진에 그다지 흥미를 갖지 않았다.

래리와 세르게이는 구글을 팔지 못하자 크게 실망했다.

그런데 야후의 공동 창립자인 데이비드 필로를 찾아갔을 때였다.

"자네들이 가지고 있는 기술의 가치는 인정하네. 하지만 인터넷 검색을 사업의 중대 요소로 여기는 사람은 별로 없어."

그 말에 래리와 세르게이는 역시나 하는 생각에 얕은 한숨을 쉬었다.

"내 생각에는 말일세. 그렇게 가치가 있다면 이렇게 팔러 다니지 말고, 나와 제리 양이 그랬듯이, 직접 회사를 차리는 게 좋지 않을까 하네."

필로의 말에 두 사람은 생각을 달리 하기로 했다.

"그래. 우리가 어떻게 만들어 낸 기술인데 다른 사람한테 팔아. 최고의 가치가 있는 기술을 말이야. 우리가 하자."

래리는 필로의 말에 자신감을 얻어 세르게이와 함께 직접 회사를 차리기로 했다. 그런 두 사람을 보고 겁도 없이 사업에 뛰어든다며 혀를 차는 이들도 있었다.

"서른도 안 됐으니 아직 세상을 알기에는 턱없이 어리지. 새로 시작한 기업 가운데 80퍼센트는 망한다는 사실을 모르나?"

래리는 그런 사람들에게 한 마디로 되받아쳤다.

"잘 알아요. 맞습니다. 하지만 그 대부분이 식당이죠."

다행인 것은 두 사람이 스탠퍼드 대학에 다니고 있다는 것
이었다. 스탠퍼드 대학은 벤처 업계의 요람이자 실리콘 밸리
의 젖줄이다. 그만큼 학생들의 창업을 적극적으로 장려하고
도와준다.

래리와 세르게이는 담당 교수를 찾아갔다.

"저희가 창업을 하려고 하는데 투자자를 찾지 못하고 있습
니다."

"교수님께서 조금만 도와주신다면……."

교수는 두 사람을 반기며 적극적으로 도와주었다. 교수는
실리콘 밸리의 여러 벤처 투자자들과 교류하며 그 가운데 벡
톨샤임이라는 사람을 소개해 줬다. 벡톨샤임은 잘 알려진 사
업가로 '썬 마이크로시스템즈'를 공동 창업하고, 당시 네트워
크 장비 시장에서 1위를 달리는 '시스코'의 부사장이었다.

"세르게이, 잘해 보자고. 벡톨샤임이면 엔젤 투자가(자금이
부족한 신생 기업에 자본을 투자하는 사람)로도 이름이 높잖아."

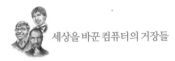

세상을 바꾼 컴퓨터의 거장들

"그래. 이번 프레젠테이션에 우리 구글의 운명이 달렸어."

래리와 세르게이는 실제로 작동이 되는 소프트웨어 제품을 내놓으며 열심히 자신들의 검색 엔진에 대해 설명했다. 두 사람의 이야기를 들은 벡톨샤임이 잠시 후 말했다.

"이건 몇 년 만에 보는 괜찮은 아이디어로군. 어디 한번 믿고 같이 잘해 봅시다."

"정말이요?"

뜻밖의 호의에 어리둥절해 있는 두 사람에게 벡톨샤임은 수표 한 장을 내밀었다.

"자, 이거 받아요. 우선 컴퓨터를 몇 대 사야 할 거 같은데."

벡톨샤임은 두 사람에게 10만 달러짜리 수표를 써 줬다.

"우와, 이게 얼마야! 이제 우리 실력을 알아주는 건가?"

"정말 기분 좋다. 우선 맛있는 것부터 먹으러 가자."

두 사람은 버거킹에 가서 햄버거를 먹으며 투자 유치에 성공한 것을 축하했다.

"건배! 콜라로 건배하는 건 좀 그런가?"

"무슨 소리! 맛있으면 그만이야. 아껴야지. 어떻게 받은 투자금인데."

래리와 세르게이는 햄버거를 맛있게 한입 베어 물었다.

"자자, 우선 급한 불부터 끄자. 시스템부터 새로 구축하자고."

"응. 아무리 뛰어난 검색 사이트라도 서버가 받쳐 주지 않으면 경쟁에서 이길 수 없을 거야."

"저기 그런데, 이 돈을 어디에 두지? 우린 은행 계좌도 없잖아."

"하하하, 맞아. 은행 계좌가 없으면 돈도 못 쓰지. 서버 구축하기 전에 은행 계좌부터 만들자구."

두 사람은 다시 콜라로 건배를 하며 구글의 앞날을 축복했다.

 ## 더 큰 세계로 나아가다

창업을 하고 나자 할 일이 너무 많았다. 학교 공부에 신경 쓸 시간이 없어 래리와 세르게이는 휴학계를 내기로 했다.

휴학계를 낸다고 했을 때 부모들은 모두 반대했다.

"걱정 마세요. 박사 학위는 딸 거예요."

래리와 세르게이는 그렇게 장담을 했지만 1년이 지난 후,

두 사람은 앞으로 더욱 바빠져 대학원 공부를 계속하지 못할 것이라는 것을 깨달았다. 결국 래리와 세르게이는 연구실을 비우고 박사 학위를 포기했다.

게다가 구글 사용자가 점점 늘어나자 같이 일할 사람도 필요하고 기숙사 방도 좁아서 더는 버틸 수가 없었다. 두 사람은 새로운 사무실이 필요했다.

"가진 돈도 얼마 없는데, 괜찮은 곳을 얻을 수 있을까?"

래리가 고민하자 세르게이가 좋은 제안을 했다.

"마침 내 친구네 차고가 비었대. 거기를 임대해 달라고 하면 어떨까?"

이것저것 가릴 때가 아니었다. 래리는 당장 세르게이가 말한 곳에 함께 가보았다.

"우와! 더운 물이 나오잖아. 좋아! 계약하자!"

래리는 만세를 부르며 곧바로 계약서에 사인을 했다.

"정말 재미있어. 실리콘 밸리의 1호 벤처기업인 휴렛패커드가 사업을 시작한 곳도 차고잖아. 애플, 아마존 닷컴, 야후 등도 그렇고. 우리도 차고에서 사업을 시작하네. 이거, 느낌 좋은데?"

두 사람은 스탠퍼드를 떠나는 것이 섭섭했지만 새로운 시작에 몹시 흥분되었다.

사업을 시작하고 투자도 받았지만 래리와 세르게이는 늘 자금난에 허덕였다. 어쩔 수 없이 아끼고 또 아끼는 수밖에 없었다.

"으갸갸갸~ 지금 몇 시야?"

일을 하던 래리가 크게 기지개를 펴며 세르게이에게 물었다.

"새벽 1시가 다 되어 가."

"그러고 보니 저녁도 안 먹고 일했네. 뭐 먹을 거 없을까?"

먹을 것을 찾아 뒤적이던 두 사람은 주인 집 부엌으로 향했다.

"괜찮을까?"

"괜찮을 거야. 쉿! 조용히 해."

두 사람은 살금살금 걸어 냉장고 문을 조심스레 열었다. 그리고 허기진 배를 채우기 위해 닥치는 대로 먹었다.

그렇게 주인집 냉장고를 습격해 끼니를 때울 정도로 돈을 아끼면서 회사를 운영했지만 벡톨샤임이 준 10만 달러는 금방 바닥이 났다. 자신들의 신용카드는 물론이고 가족들의 신용카드와 친구들 돈까지 몽땅 끌어왔지만 돈은 금방 동이 났다.

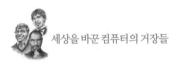

이 무렵 많은 사람들이 알타비스타와 라이코스가 광고 매출에 열을 올리는 데 실망하고 있었다. 이들은 군더더기 없고 소박한 구글로 발길을 돌리고 있었다. 구글을 통해 검색하는 횟수가 하루 50만 건이 넘고 여기저기 사용자들의 호평이 이어진데다가, 벡톨샤임이 구글에 투자했다는 소문이 돌자 많은 투자자들이 구글로 모여들었다.

1999년, 드디어 구글에 큰 투자자가 나타났다. 가뭄에 단비와 같았다. 바로 벤처 캐피털이었다. 구글은 대표적 캐피털 회사인 '클라이너 퍼킨스'와 '세쿼이아 캐피털'로부터 각각 1,250만 달러와 2,500만 달러를 투자 받았다. 처음 투자 받았던 금액과 비교하면 상상을 초월하는 금액이었다.

그 사이 인터넷은 빠른 속도로 성장하고, 구글에 접속해 검색하는 건수는 점점 더 늘어나고 있었다. 그런데 구글의 장점이었던 빠른 검색이 3~4초씩 걸리면서 그 빛을 잃어가기 시작했다.

"아, 스탠퍼드 기숙사에 비하면 여기는 천국인 줄 알았더니 아니네."

"그러게. 1년도 안 되었는데 여기도 역시 좁다. 직원도 더 필요하고."

래리와 세르게이는 차고에서 머무를 수 없었다. 두 사람은 팔로알토 시내로 이사했다. 직원도 늘리고 서버도 추가로 구축했다.

 ## 구글의 창업 정신, 악해지지 말자

구글의 가장 큰 장점은 빠른 검색 속도와 안전성이다. 메인 페이지에 광고도 없고 이미지나 동영상도 찾아볼 수 없다. 그렇기 때문에 저렴한 부품을 쓴 중고 컴퓨터도 최고의 속도를 낼 수 있었다.

하지만 매출은 부진했다. 매출이 나지 않으니 투자자들이 아우성을 치는 것도 당연했다.

"아니, 투자를 했으면 이익을 내야 할 것 아니오."

"이익을 내려면 광고를 실어야지. 우리가 무슨 자선 단체도 아니고 사람들한테 주구장창 검색이나 해대라고 이 사이트에 투자한 건 아니잖소!"

세상을 바꾼 컴퓨터의 거장들

투자자들은 배너 광고를 하라고 거세게 압력을 넣기 시작했다.

"어떻게 하지? 투자자들을 더 이상 설득시키기가 어려울 거 같아."

"그렇다고 우리의 생각을 바꿀 수는 없어. 우리에겐 오직 검색만 있을 뿐이야."

당시 알타비스타, 라이코스 등 경쟁사들은 검색 이외에 뉴스나 커뮤니티 같은 다양한 서비스를 제공하는 포털 사이트로 발전하면서 사업을 확장해 나갔다. 하지만 구글은 하루에 검색 건이 700만을 넘어도 매출은 보잘것없었다. 광고가 없었기 때문이다.

"배너 광고로 사이트를 어지럽히고 싶지 않아. 솔직히 배너 광고는 상품이든 뭐든 부풀려서 광고하는 게 일반적이잖아. 그렇게 사람들과 광고주를 속이면서 돈을 벌 만큼 악해지고 싶지 않아."

'악해지지 말자Don't be evil'.

그것이 구글의 창업 정신이었다. 이 창업 정신은 구글의 첫 번째 원칙이 되어 아무리 돈을 많이 벌 수 있다고 해도 창업 정신과 어긋나면 과감히 포기했다. 키워드 검색 광고에서 성인 콘텐츠나 술 광고를 금지하는 것도 바로 구글의 정신이 반영되었기 때문이다. 구글은 이익이 아니라 도덕성을 중요한 평가 기준으로 삼고 있었다.

"우리의 생각도 중요하지만 우리를 믿고 투자한 투자자들을 실망시킬 수는 없잖아. 무언가 수를 내지 않으면 안 될 거 같아."

"맞아. 악해지지 않고 정당하게 돈을 벌 수 있는 방법이 있을 거야."

두 사람은 머리를 싸매고 고민했다. 자신들의 신념을 꺾지 않고 투자자들을 만족시키는 두 마리 토끼를 잡을 방법을 찾기 위해 노력했다.

그런 두 사람의 눈길을 끈 광고 회사가 있었다. '고투닷컴'이라는 회사였다. 고투닷컴은 지금까지의 배너 광고처럼 노출될 때마다 돈을 받는 방식이 아니라 광고가 노출되더라도 클릭을 해야 돈을 받는 시스템을 적용했다. 또한 광고주가 키워드를 직접 선택해 해당하는 키워드를 입력한 사용자에게만 보이는 혁신적인 시스템이었다. 래리와 세르게이는 고투닷컴에서 힌트를 얻었다.

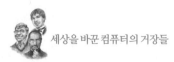

"검색을 하면 그와 관련된 키워드 광고가 노출되게 하자. 수영이라는 검색어를 치면 수영복 같은 광고를 띄우는 것이지. 그리고 필요한 사람만 광고를 클릭하는 거야."

"검색어로 원하는 사람에게만 광고가 보이게 한다……. 그거 괜찮은데? 대신 광고와 정보가 뒤섞이지 않도록 할 것! 정보인 것처럼 속여 광고를 클릭하게 하는……."

"그런 잔꾀는 안 통해. 악해지지 말자. 알지?"

두 사람은 만족스럽게 서로를 보며 웃었다.

래리와 세르게이는 광고 검색 목록 상단에 '스폰서 링크'임을 분명히 밝혔다. 그리고 광고에 순위를 매겼다. 클릭 수가 많은 광고는 순위를 올라가게 했다. 그러자 광고주는 자신들의 광고가 얼마나 노출되었는지 알 수 있어 구글에 대해 신뢰하게 되었다.

그렇게 팝업 광고 없이 검색 결과로 나타나는 단순한 텍스트 광고가 구글 매출의 대부분을 차지하게 되었다.

'악해지지 말자'라는 래리의 생각은 사람들에게 좋은 인상을 남겼다. 상업성에 찌들어 있던 시장에 신선한 바람을 일으키며 구글을 기본 검색 엔진으로 쓰는 학교나, 관공서가 늘어났다. 2000년에 구글은 야후와 2년 동안 검색 서비스 계약을 했다. 그 결과 해마다 700만 달러 수익을 거두었다. 2001년에는 하루 검색 건수 1억을 돌파했다. 1초에 1만 건 이상의 검색이 이루어지는 셈이다.

##  새로운 친구, 에릭 슈미트

"우리는 기술자야. 컴퓨터에 대해서는 전문가지만 경영에 대해서는 아무것도 모르잖아."

회사가 커지면서 구글은 전문 경영인이 필요했다.

"그러게. 아무리 기술 개발을 잘 해도 회사를 잘 이끌어 나가려면 그만한 전문가가 필요할 거야."

두 사람은 적당한 인물을 찾기 위해 여러 CEO를 면접했다. 하지만 구글의 독특한 문화를 이해하고 기술을 발전시켜 나갈 경영인은 찾기 어려웠다.

두 사람은 구글 CEO의 자격에 자신들만의 기준이 있었다. 그래서 일부러 상대방이 불쾌할 수 있는 상황을 만들어 놓고

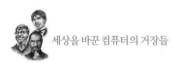

그 반응을 살폈다. 면접을 볼 때 프로젝터를 켜서 회의실 한 벽 전체를 면접자 얼굴로 장식해 놓고 시작했다. 그리고 20 대인 두 사람이 쉴 새 없이 질문을 쏟아냈다. 질문 내용도 기존 경력들을 무시하거나 약점을 잡는 형식이었다. 최고 경영자 후보인 만큼 면접을 본 사람들의 나이나 사회적 명성을 따져볼 때 두 젊은이의 면접 방식은 기분 나쁠 정도로 견디기 힘든 것이었다.

"에릭 슈미트입니다."

75번째 면접에 응한 사람은 에릭 슈미트였다. 당시 '노벨'의 CEO이었던 슈미트는 자신을 모셔 간다고 해도 시원치 않을 회사에서, 그것도 20대 젊은이들에게 면접을 본다는 게 자존심 상했다. 하지만 거래처 등 주위에서 자꾸 구글의 CEO를 권유하는 바람에 별 뜻 없이 면접에 임했다.

역시 래리와 세르게이는 무차별적으로 이야기를 쏟아냈다. 심지어 래리는 슈미트에게 실패한 경영자라며 슈미트가 세운 전략이 어리석다고 공격했다.

"그렇다면 이번에는 제가 구글의 문제점을 말해 볼까요?"

그렇게 슈미트와 래리 그리고 세르게이의 설전은 1시간 반이나 계속되었다.

그런데 설전이 계속되면 될수록 슈미트는 구글의 비전에 매료되었고, 래리와 세르게이는 슈미트의 노련한 자질에 빠져들었다. 결국 2001년 7월, 에릭 슈미트는 구글의 최고 경영자로 정식 취임했다.

구글에 입성한 슈미트는 맨 먼저 구글의 재정 상태를 살펴보았다.

"이거, 젊은이들이 아주 생각 없이 회사를 운영했군. 컴퓨터 쪽으로나 똑똑하지 경영에는 영 자질이 없는걸."

슈미트는 회사의 경영 상태를 보고 혀를 찼다.

래리와 세르게이는 개발자 출신이라 그런지 회사를 엔지니어들의 천국으로 만들려 했다. 그래서 개발자들을 위해 많은 돈을 투자하고, 개발자들에게 회사 신용카드까지 나누어 줄 정도였다.

하지만 회사 예산을 철저하게 관리하는 슈미트가 영입되자 회사의 신용카드는 모두 회수되었다. 불필요한 비용은 최소화하고 수익이 날 수 있는 부분에 매진하도록 했다.

그 결과 회사의 매출이 늘어나고 수익도 크게 증대되었다.

슈미트가 CEO로 스카우트된 해에 구글은 창업 이후 처음으로 흑자를 기록했다. 슈미트 덕분에 래리와 세르게이는 마음 놓고 기술 개발에 몰두할 수 있게 되었다.

구글은 2001년 처음으로 해외에 지사를 개설했다. 인터넷 속에서는 국경이 없지만 현지에서는 당연히 문화 차이가 있기 마련이었다.

"우리 것만 주장할 수 없어. 특히 사용자들마다 그 문화가 다를 거야. 그 나라의 문화를 이해하는 것이 중요해."

구글은 지사에 근무하는 사람들에게 현지 기업처럼 되라고 한다. 특유의 간소한 홈페이지도 그 나라의 상황과 문화에 맞게 조금씩 수정하기도 했다. 그 결과 2010년 구글은 세계 70여 개의 지사를 운영하고 있다. 매출도 절반 이상이 미국 밖에서 생겼다.

그리고 2010년 구글은 영어 이외에 불어, 독어, 중국어, 일어, 한국어, 덴마크어, 스페인어, 러시아어, 그리고 갈리시아어, 힌두어, 우르두어, 에스페란토어, 페르시아어, 스와힐리어, 헤브라이어, 라트비아어 같이 잘 알려지지 않은 언어까지 모두 끌어안아 130여 개의 언어로 서비스 하고 있다.

"흠, 도대체 소수 언어까지 검색어에 둘 필요가 있을까? 전 세계에 이 언어를 쓰는 사람이 몇이나 된다고 말이야."

누군가 이렇게 투덜대자 구글의 두 창업자는 정색을 하고 말했다.

"우리는 누구에게나 검색의 기회를 주고 싶습니다."

구글은 평등 정신을 강조했고 이 역시 '악해지지 말자'는 구글의 이념에 해당하는 것이다.

 ## 구글만의 기업공개를 하다

2004년 구글은 기업공개를 하기로 했다. 나스닥에 상장을 하기 위해서였다. 기업 공개를 앞둔 2004년 봄, 두 사람은 또 다시 화제를 일으켰다.

"우리는 연봉을 1달러만 받겠습니다."

보수에 집착하지 않고 일을 하겠다는 열의를 보여준 것이다.

기업공개를 앞두고 래리와 세르게이는 주주들에게 A4용지 8쪽 분량의 편지를 보냈다.

"구글은 구태의연한 기업이 아닙니다. 저희는 그렇게 되지 않을 것입니다. 구글이 비상장 기업으로서 발전하는 동안 저희는 구글을 다른 방식으로 운영했습니다. 창의적이고 도전적인 분위기를 강조했고 그것이 세계 전역에서 저희를 의지하는 이들이 정확한 정보에 자유롭게 접근하는 데 도움을 주었습니다."

래리가 직접 작성한 이 편지는 구글은 여느 기업과 다르며 앞으로도 그렇게 남으려 한다는 선언문 같은 것으로 구글이 가진 야심찬 계획을 다시 한 번 확인한 것이었다. 래리는 구글이 주식 시장에 상장되더라도 '악해지지 말자'라는 원칙을 지켜 나갈 것이라고 다짐했다.

구글은 주식을 나스닥에 상장할 계획을 발표할 때도 독특한 공모 방식으로 화제가 됐다.

"우리는 월가 전통의 상장 절차를 거부하고 온라인 경매로 주식을 팔겠습니다."

그때까지 대부분의 주식은 투자자가 구입할 수량과 가격을 적어 내는 방식으로 공모했다. 그런데 구글은 투자은행을 통해 주식을 배정하는 지금까지의 관행을 깬 것이다.

더군다나 기업공개를 하는 것도 월스트리트 사람들이 해변으로 휴가를 떠나는 8월로 잡았다. 고르고 고른 상장일도 13일의 금요일이었다.

"우리는 2,718,281,828달러 상당의 주식을 팔 것입니다."

"한창 휴가 때 주식을 상상하는 것도 유별나더니 서 숫자들은 도대체 뭐야?"

사람들은 구글이 내세운 숫자를 의아하게 생각했다. 그런데 그 숫자에는 구글식의 재미있는 조크가 섞여 있다. 원주율처럼 수학광들에게는 친숙한 개념인 무리수 e(2.718281828)에서 따온 것이다.

구글의 수학적 상상력은 구글의 본사 건물에서도 알 수 있다. 구글 본사 건물은 수학 용어로 만들어졌다. 구글 본사 2동은 e(무리수)로 불리고 3동은 pi(원주율), 4동은 phi(황금비율)로 부르고 있다.

"뭐라고! 주식 공모 가격이 주당 100달러가 넘는다고?"

"이런, 정말 뭐를 몰라서 저러는 거야. 젊은이들이 진짜 너무하는군."

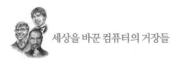

처음 공모 가격이 주당 108달러에서 135달러로 정해지자 시끄러운 논쟁이 불거졌다. 대부분의 회사들이 주당 20달러 정도에서 공모가를 정하기 때문이다.

결국 가격을 낮춰 85달러로 공모가를 정했지만 첫날 100달러까지 올랐다. 래리와 세르게이는 27세의 나이에 어마어마한 갑부가 되었다.

키워드 시장을 석권한 구글은 디스플레이 광고를 다음 타깃으로 삼았다. 인터넷 광고 시장은 세 가지이다. 하나는 키워드 검색 광고, 또 하나는 배너라고 하는 디스플레이 광고, 그리고 마지막으로 이메일 광고다.

"검색 광고는 우리 구글이 대부분 차지했고 이메일 광고가 차지하는 부분은 적으니까 그렇다 치더라도, 디스플레이 광고 분야를 포기하기에는 너무 아깝지 않아?"

"하지만 배너가 없는 비상업적인 이미지를 포기할 수도 없잖아. 어떻게 하면 광고도 올리면서 '악해지지 말자'는 우리의 모토를 다 잡을 수 있을까?"

두 사람은 또다시 고민에 싸였다. 고심하던 래리와 세르게이는 2006년 세계 최고의 동영상 서비스인 유튜브를 인수했다. 당시 마이크로소프트사는 더 많은 광고 수익을 내기 위해 동영상 서비스에 신경을 쓰고 있던 참이었다. 두 사람은 사이트 대신 유튜브 동영상에 디스플레이 광고를 띄워 새로운 수익을 창출해 낼 셈이었다.

물론 구글은 검색 사이트로의 본분을 잊지 않았다. 그러나 더 재미있고 정확하게, 그리고 큰 그림을 그리며 새로운 검색 사이트로 거듭나고 있다.

2005년에는 세계의 여러 지역들을 볼 수 있는 위성 영상 지도 서비스인 '구글어스'를 시작했다. 2008년 베이징 올림픽에 참가한 한 여자 사이클 선수는 구글어스를 사용해 중국에서의 올림픽 자전거 루트를 연구한 후 그와 비슷한 루트를 미국에서 찾아 연습했다. 또한 토지 측량사들은 측량 전에 구글어스를 이용해 사전 답사를 한다고 한다. 위성 영상 서비스에 이어 구글은 음성 검색 서비스도 선보이고 있다.

그러는 한편 구글은 단순히 검색 기업에서 멈추지도 않았다. 어느 날, 새로 입사한 직원이 물었다.

"회사를 그냥 구글닷컴으로 부르면 안 될까요?"

"안 됩니다."

세상을 바꾼 컴퓨터의 거장들

두 사람은 단호하게 말했다.

"우리는 그냥 닷컴 기업이 아니에요. 설마 우리가 인터넷 기업에 머물 거라고 생각하는 겁니까? 아니에요. 우리는 모든 것을 다루는 기업이 될 것입니다."

래리와 세르게이는 자신들이 한 말 그대로 구글을 통해 끊임없이 새로운 분야에 도전하고 있다. 지메일을 출시해 검색뿐만 아니라 웹 전반으로 영향력을 넓히고, 개인 홈페이지를 선보이며 헤드라인, 날씨 정보, 지도, 검색 등 다양한 정보를 한 곳에서 보여 주기도 했다.

또한 모바일 소프트웨어 회사를 인수해 휴대폰 시장에 뛰어들었다. '안드로이드'라는 무료 공개 모바일 플랫폼 개발을 시작해 모바일로 구글의 영향력을 넓혀가기 시작한 것이다.

특히 2006년 구글팩을 내놓으며 데스크톱 시장에 대한 야심을 드러냈다. 온라인 오피스인 '구글 독스 앤드 스프레드시트'를 내놓고 마이크로소프트사를 견제했다.

"거참, 빌 게이츠가 스탠퍼드에 기증한 건물에서 최고의 라이벌이 나타나다니 빌 게이츠가 호랑이 새끼를 키운 셈이군."

사람들의 말 그대로 빌 게이츠의 이름이 붙은 연구실에서

태어난 구글이 이제 빌 게이츠의 마이크로소프트사에게 위협을 줄 만한 위력을 가지게 되었다.

하지만 모든 사람이 구글을 좋아하지는 않았다.

"구글은 사용자가 원하는 것을 추구한다. 구글은 자신의 이익이 아니라 사용자의 이익을 추구한다"는 래리의 주장은 경쟁사 입장에서 보면 눈엣가시였다. 기존의 미디어 기업들은 해마다 매출이 감소하는데 구글은 사용자의 이익을 되찾아주겠다고 하니 구글이 곱게 보일 리가 없다.

그런 가운데에서도 래리와 세르게이는 구글을 딱딱한 기업이 아닌 누구에게나 친근하게 다가갈 수 있는 분위기를 만들려고 애썼다. 자신들의 유머를 잊지 않은 것이다.

2000년 4월 1일, 구글은 특별한 기술을 선보인다고 광고했다.

"구글은 '구글 멘탈플렉스'라는 새로운 검색 기술을 내놓았습니다."

구글 멘탈플렉스는 구글 홈페이지에 그려진 회전판에 집중하면서 키워드를 머릿속에 떠올리면 검색이 된다는 내용이다. 구글 접속자들은 이 황당한 검색 기술에 고개를 갸웃했는데, 다름 아닌 만우절 장난이었다.

세상을 바꾼 컴퓨터의 거장들

2004년 만우절에는 연구소 직원을 뽑는다는 내용이 떴다.

"2007년 오픈 예정인 구글 연구소에서 일할 분을 찾습니다. 단, 이 연구소는 달에 있습니다."

구글의 만우절 장난을 기분 나쁘게 생각하는 사람은 별로 없다. 구글의 재치와 유머에 사람들은 웃음을 터뜨리고 이제 사람들은 구글이 만우절에 어떤 장난을 칠지 기다리고 있다.

게다가 구글의 로고는 특별한 경우에 변형하는 것이 전통이다. 할로윈 때는 구글의 두 번째 글자 'o'를 호박 모양의 등으로 대신하고 'l'에 촛농이 떨어지는 양초를 그린 로고를 선보였다.

할로윈데이의 구글 로고

2008년 올림픽 기간에는 'o'를 경륜선수, 역도 선수, 다이빙 선수 등 운동선수 캐릭터가 대신했다.

2008년 베이징 올림픽 기간 중 구글 로고

　모스 부호를 만든 '사무엘 모스'의 생일에는 구글을 모스 부호로 적어 놓기도 하고, 샤갈이나 고흐의 그림도 구글의 로고로 선보이기도 했다. 그리고 매년 8월 15일에는 우리나라 광복절을 기념하는 로고를 볼 수 있다.

모스 부호로 적은 구글 로고

샤갈 생일을 기념하여 만든 구글 로고

고흐 생일을 기념하여 만든 구글 로고

한국의 광복절을 기념하는 구글 로고

세상을 바꾼 컴퓨터의 거장들

## 가장 일하기 좋은 직장,
## 구글의 놀이터

"그러면 이번 미팅은 어디서 할까요? 괜찮으시다면 제가
그쪽으로 가겠습니다."

"아, 아닙니다! 오기 불편하실 텐데 중간쯤에서 만나죠."

구글 직원이 거래처 사람과 미팅 약속을 정하는데, 상대방
은 굳이 먼 구글 회사까지 오겠다고 한다.

"아니에요. 제가 그쪽으로 가겠습니다. 바쁘실 테니까요.
그리고 시간은 저…… 제가 점심 식사 시간에 맞춰 가도 되
겠습니까?"

거래처 사람은 조금은 민망한 듯이 물었다.

사실 구글에는 특급 요리사가 점심을 무료 제공하고 있다.
그 맛은 외부에도 잘 알려져 있어 사업 관계로 만나는 파트
너들은 일부러 약속 시간과 장소를 점심 무렵에 구글 플렉스
사무실로 정한다.

구글 창업 초창기에 밤샘 작업을 하던 래리와 세르게이는
돈이 없어 배를 굶던 일이 잦았다.

"나는 이다음에 회사에 최고의 식당을 반드시 만들 거야. 그래서 모든 사원이 세계 최고의 음식을 배부르게 먹도록 할 거야."

"크크. 너 정말 배고픈가 보구나. 나도 그래. 나도 냉장고에 음료수랑 먹을 것을 꽉꽉 채워 놓고 밤새도록 먹게 할 거야."

그때 했던 생각을 래리는 그대로 실행에 옮겼다. '잘 먹어야 일도 잘한다'는 생각으로 요리사 100여 명이 좋은 재료로 직원 6,000여 명에게 최고의 요리를 선보이고 있다. 요리사들은 매년 구글 직원이 심사위원이 되는 '요리 경연 대회'를 통해 공개 채용된다.

먹는 것만큼 래리와 세르게이는 일하는 즐거움도 중요하게 생각한다. 즐겁지 않으면 창의력이 나오지 않는다는 '펀(fun: 재미)경영'에서 비롯된 것으로 두 사람은 일이 재미있어야 상상력이 발휘된다는 것을 잘 알고 있다.

즐겁게 일하려면 분위기와 환경도 중요하다. 우선 구글 로비 1층에는 대형 LCD 화면이 세워져 있다. 검은 화면 속에는 3D로 각 대륙의 국가에서 여러 색깔의 빛줄기가 우주를 향해 솟구치고 있다. 빛줄기를 이루는 점 하나가 나타내는 것은 전 세계의 구글 접속량이다. 작은 점 하나가 1,000명에 해당된다. 네티즌들이 컴퓨터에 입력하는 검색어는 실시간으로 화면에 나타난다. 전 세계 구글의 접속 정도를 한눈에 보여 주는 최첨단 그래픽 기술이다.

"이게 다 뭐야. 지저분하게. 최고의 직원들이라고 하더니 낙서가 심하네."

구글 회사의 휴게실에는 대형 칠판이 있다. 어지럽게 쓰인 암호 같은 글자들이 낙서처럼 보여 청소하는 사람이 지우려고 하면 난리가 난다.

"안 돼요! 그냥 두세요!"

휴게실의 칠판은 아이디어 창고다. 직원들은 누구나 자신이 떠올린 아이디어나 구글 프로그램 등을 적고 자유롭게 토론도 한다. 구글의 주력 상품으로 떠오른 지메일과 뉴스 서비스의 초기 모델도 이 칠판에서 시작됐다.

직원 각자의 사무실도 개성이 한껏 묻어난다. 우주선 내부처럼 꾸밀 수도 있고 애완견을 키울 수도 있다.

복장도 물론 청바지와 티셔츠 그리고 운동화 같은 자유로운 복장이고, 건물 안에는 헬스클럽, 당구장, 이발소, 세탁소,

치과, 마사지실, 직원 자녀들의 놀이방까지 갖춰져 있다. 게다가 출퇴근 시간이 따로 정해지지 않아 원하는 시간에 자유롭게 일을 한다.

이렇게 자유로운 분위기 때문인지 구글의 직원인 구글러들은 회사를 '캠퍼스'라고 부른다.

책상 앞에 앉아 매일 똑같은 업무를 하는 직원에게 좋은 아이디어를 얻을 수 없다는 생각에 래리와 세르게이는 7:2:1 정책을 펴고 있다.

"직원들이 본업에 70퍼센트 시간을 할애하고 20퍼센트는 업무 이외에 회사와 관련된 자신만의 독자적인 프로젝트를 진행하는 것입니다. 그리고 나머지 10퍼센트는 회사의 사업 분야와는 전혀 상관없는 일로 연구를 하는 것이죠."

이러한 정책으로 탄생한 아이디어가 구글 뉴스다.

9·11사태 직후에 미국은 과도한 접속량으로 각종 뉴스 사이트가 불통이 되었다. 그것을 목격한 한 직원이 구글을 통해서 뉴스를 검색할 수 있는 아이디어를 생각했다. 원래 담당했던 업무 시간이 아니라 일주일에 하루 주어지는 자유 연구 시간에 구글 뉴스를 개발한 것이다. 전 세계 만 곳이 넘는 뉴

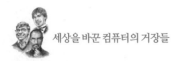

스 사이트를 검색하도록 만든 이 서비스는 개시되자마자 최고 인기 사이트가 되었다.

검색으로 인터넷을 제패한 구글은 인터넷 밖에서도 더 나은 세상을 만들기 위해 많은 일을 하고 있다. 구글 내의 자선 단체인 '구글닷오르그'는 1퍼센트 룰을 지키며 주식과 수익의 1퍼센트, 직원 근무시간의 1퍼센트를 할애해 살기 좋은 세상을 만들기 위해 노력하고 있다. 또한 개발도상국가 아이들에게 노트북을 공급해 디지털 교육을 받게 하자는 100달러 노트북 프로젝트부터 여러 컴퓨터를 인터넷에 연결해서 슈퍼컴퓨터의 역할을 대신하는 분산컴퓨팅까지 다양한 활동을 펼쳐나가고 있다.

대학원 기숙사에서 시작된 프로젝트였던 구글은 최고의 검색 사이트가 되어 각종 인터넷 사업을 펼치는 것을 비롯해 2006년판 옥스퍼드 영어 사전에 실리는 등 구글만의 문화까지 만들어 내고 있다. 구글은 멈추지 않을 것이다. 래리의 도전은 앞으로도 계속될 것이다.

# How?
## 래리 페이지의 성공비결

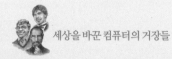
### 1. 좋아하는 놀이가 곧 전공이 되다

　　래리의 부모님은 모두 컴퓨터공학을 전공했다. 그래서인지 래리는 어려서부터 컴퓨터와 가까이 지냈다. 래리에게 컴퓨터는 단순한 기계가 아니었다. 컴퓨터는 장난감이자 좋은 친구였다. 그 결과 자연스럽게 자신의 공학적인 재능을 이끌어냈다. 대학에 가서도 래리는 컴퓨터를 전공했다. 이때 래리는 전공을 공부라기보다는 놀이라고 생각했다. 그 결과 다른 학생보다 더 공부를 잘하고 뛰어난 능력을 발휘할 수 있었다.

　　래리에게는 컴퓨터 말고도 또 하나의 놀이가 있었다. 바로

세상을 바꾼 컴퓨터의 거장들

토론이다. 어려서부터 작은 일이라도 부모님과 토론을 통해 결정을 내렸던 래리는 상대방의 의견을 듣고 자신의 생각을 표현하는 방법을 자연스럽게 터득할 수 있었다.

어른이 된 래리는 토론이라는 방식을 통해 구글을 맡아 줄 훌륭한 CEO를 선발할 수 있었다. 컴퓨터와 토론을 놀이처럼 즐겼기 때문에 뛰어난 상상력이 발휘되어 구글을 만들게 된 것이다.

## 2. 꿈을 함께 할 친구를 만나다

래리는 검색 엔진을 개발하던 중 자기 힘으로는 해결할 수 없는 어려운 문제에 부딪혔다. 그때 그 문제를 해결해 준 사람이 바로 세르게이다. 래리와 세르게이는 성격이 정반대이기 때문에 서로에 대한 첫인상이 좋지는 않았다. 하지만 두 사람 모두 컴퓨터와 토론을 즐긴다는 공통점을 발견하고 스탠퍼드 최고의 콤비가 되었다.

아무리 좋은 아이디어가 있어도 그것을 현실로 만들어 줄 기술이 있어야 한다. 래리가 좋은 아이디어를 냈고 개발 과정에서 문제가 발생했을 때 세르게이가 그 문제를 해결해 주었다. 휴렛패커드의 휴렛과 패커드, 마이크로소프트사의 빌 게이츠와 폴 앨런, 애플의 스티브 잡스와 워즈니악 그리고 구글의 래리와 세르게이처럼 뜻이 맞고 서로 협력할 수 있는 친구를 만나는 것이 성공에 중요한 비결이 된다.

### 3. 실패를 새로운 도전의 기회로 삼다

래리는 학업에 정진하기 위해 구글을 다른 기업에 판매할 생각이었다. 그러나 구글을 인수하겠다고 나선 회사는 없었다. 많은 회사로부터 퇴짜를 맞은 래리는 결국 자신이 직접 창업을 하기로 했다. 만약 래리가 좌절하거나 포기했으면 구글은 그대로 스탠퍼드 대학원 연구실에 묻혔을 것이다. 하지만 래리는 오히려 도전 정신을 갖고 학생 신분으로 회사를 차렸다. 그리고 회사의 발전을 위해 열정을 다해 일했다.

계획대로 일이 진행되지 않았지만 래리는 꿈을 포기하지 않고 창업하여 자신이 만든 좋은 검색 엔진을 널리 세상에 알리고자 했다. 그러자 학생들의 창업을 적극 장려하던 스탠퍼드 대학원에서는 래리를 격려하고 대학원에서의 성공을 발판 삼아 더 큰 성공을 할 수 있도록 투자자를 소개해 주었

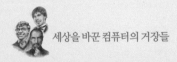

다. 그 덕분에 래리는 꿈을 펼칠 수 있게 되었고 마침내 구글을 세계적인 기업으로 키워 냈다. 실패를 도전의 기회로 삼고 자신의 환경을 잘 활용해 세계 최고의 검색 사이트 구글을 탄생시킨 것이다.

### 4. '악해지지 말자'라는 아름답고 건강한 모토

구글은 상업적인 기존의 기업과 달리 '악해지지 말자'라는 모토가 있었다. 대부분의 기업은 이익을 위해서는 수단과 방법을 가리지 않는다. 예를 들면, 광고주가 광고비를 많이 내면 상품에 상관없이 검색 결과에서 가장 먼저 보이게 한다. 하지만 구글은 다른 사람을 속이거나 피해를 주면서 이익을 내지 않겠다는 모토를 내세웠다. 사람들은 이런 구글의 사훈에 신선한 감동을 받았다. 순간순간 어려움 속에서도 래리는 '악해지지 말자'라는 구글의 모토를 계속 지켜나갔고 그만큼 사람들은 구글을 신뢰했다. 배너 광고를 없애 상업적인 요소를 배제한 구글의 홈페이지는 '악해지지 말자'는 그들의 기업 정신이 잘 드러난 것이다. 이것은 구글을 더욱 특별한 존재로 보이게 했다.

같은 시대를 사는
컴퓨터 천재 세 명이
걸어온 길

**빌 게이츠**

<u>1955년 10월 28일</u> – 미국 워싱턴 주 시애틀에서
변호사의 아들로 태어났다

<u>1967년</u> – 레이크사이드스쿨에 입학했다.

<u>1973년</u> – 하버드대학교 법학과에 입학하였다가
수학과로 전공을 바꾸었다.

<u>1974년</u> – 폴 앨런과 함께 최초의 소형 컴퓨터용
프로그램 언어인 베이직을 개발했다.

<u>1975년</u> – 대학을 중퇴하고 뉴멕시코 주
앨버커키에서 마이크로소프트를 설립했다.

<u>1981년</u> – 세계 최대의 컴퓨터 회사인 IBM사로부터
개인용 컴퓨터에 사용할 운영체제 프로그램 DOS
개발을 의뢰받았다.

<u>1994년</u> – 마이크로소프트의 마케팅 담당자였던
멜린다와 하와이에서 결혼했다.

<u>1995년</u> – 경제 잡지 〈포브스〉가 선정한
세계 최고의 갑부 자리에 올랐다.

<u>1999년</u> – '빌앤멜린다게이츠 재단'을 만들었다.

<u>1995년</u> – 윈도우95를 출시해서 크게 성공시켰다.

<u>2008년</u> – 자선 활동에 전념하기 위해 마이크로소프트의
경영에서 손을 떼고 공식적으로 은퇴했다.

**스티브 잡스**

1955년 2월 24일 – 미국 캘리포니아 주 샌프란시스코에서 태어났다.

1976년 – 워즈니악과 함께 차고에서 애플을 만들었다.

1980년 – 애플의 주가가 처음보다 30배나 올라 억만장자가 되었다.

1984년 – IBM에 맞서서 매킨토시를 선보이고 성공을 거두었다.

1985년 – 자신이 만든 회사인 애플에서 쫓겨난 뒤 넥스트를 설립했다.

1986년 – 픽사 Pixar 를 인수했다.

1988년 – 애니메이션 〈토이 스토리〉의 원형인 〈틴 토이〉를 제작해 크게 성공시켰다.

1996년 – 애플의 경영자로 돌아와 몇 달 만에 적자에 허덕이던 애플을 흑자로 만들었다.

2001년 – MP3플레이어인 아이팟을 출시했다.

2007년 – 스마트폰인 아이폰을 출시했다.

2010년 – 태블릿 형 컴퓨터인 아이패드를 출시했다.

## 래리 페이지

**1973년 3월 26일** – 미국 미시건 주 랜싱 시에서 태어났다.

**1995년** – 스탠퍼드 대학원의 컴퓨터공학과에 입학했다.

**1996년** – 스탠퍼드 웹사이트에 구글의 시초가 되는 검색엔진 백럽을 서비스했다.

**1997년** – 백럽을 구글로 바꾸고 www.google.com을 등록했다.

**1998년** – 구글을 정식으로 창업하고, 친구의 차고를 빌려서 사무실을 열었다.

**2000년** – 검색어에 다른 광고를 보여 주는 애드워즈 서비스를 개시했다.

**2002년** – 4500개의 뉴스 사이트를 하나의 웹페이지에서 정리해 주는 뉴스 서비스를 시작했다.

**2005년** – 전 세계 지도를 무료로 검색해 주는 '구글어스' 서비스를 시작했다.

**2006년** – 세계 1위의 동영상 공유 사이트인 '유튜브'를 인수했다.

**2007년** – '안드로이드'라는 공개 모바일 플랫폼 개발을 시작해 모바일로 영향력을 넓혀가기 시작했다.

# 세상을 바꾼 컴퓨터의 거장들

1판 1쇄 2010년 9월 15일 발행
1판 5쇄 2016년 12월 30일 발행

| | |
|---|---|
| **글** | 김태광 · 조영경 |
| **일러스트** | 김병주 |
| **펴낸이** | 김정주 |
| **펴낸곳** | ㈜대성 해와비 |
| **등 록** | 제300-2003-82호 |
| **등록일** | 2003년 5월 6일 |

**주소** 서울시 용산구 후암로 57길 57 (동자동) ㈜대성
**대표전화** (02) 6959-3140 | **팩스** (02) 6959-3144
**홈페이지** www.daesungbook.com
**전자우편** daesungbooks@korea.com

ISBN 978-89-92758-73-4 (63800)
이 책의 가격은 뒤표지에 있습니다.

해와비는 ㈜대성에서 펴내는 아동서 브랜드입니다.
잘못 만들어진 책은 구입하신 곳에서 바꾸어 드립니다.

이 도서의 국립중앙도서관 출판시도서목록(CIP)은 e-CIP
홈페이지(http://www.nl.go.kr/ecip)에서 이용하실 수 있습니다.
(CIP제어번호: CIP2010003045)